m

阅读之前 没有真相

午 夜 文 库

联愁杀

[日] 西泽保彦 著

吴春燕 译

新 星 出 版 社　NEW STAR PRESS

目 录

1	第一章　动
16	第二章　愁
35	第三章　想
47	第四章　消
67	第五章　化
90	第六章　替
115	第七章　联
138	第八章　误
164	第九章　解
192	第十章　杀
214	第十一章　转
219	第三十三年的后记

主要出场人物

一礼比梢绘　　委托人
双侣澄树　　　负责案件调查的警察
凡河平太　　　推理作家，"恋谜会"成员
矢集亚李沙　　随笔、推理作家，"恋谜会"成员
丁部泰典　　　前县警，私人侦探社经营者，"恋谜会"成员
泉馆弓子　　　犯罪心理学学者，"恋谜会"成员
修多罗厚　　　推理作家，"恋谜会"成员

第一章 动

一礼比梢绘走在回家的路上，戴着手套的双手插在大衣口袋中，步履轻松。挂在手臂上的手袋仿佛在配合高跟鞋的节奏，来回摆动。

晚上八点。夜晚的住宅区路上灯火零星，静寂无声，一礼比梢绘却毫不在意。这一带治安出了名的好，没听说过有色狼或流氓出没。天气很冷，呵气成霜，梢绘一边吐着白色的气体，一边哼着小曲儿，毫无防备。总算熟悉了新家附近的环境，由内而外的轻松自在让她不免有些得意。和一名刚刚熟络起来的男士约好了下个休息日一起出游，对了，回头还是给他打个电话吧，偶尔也要表现得主动一些嘛。梢绘沉浸在愉快的设想中，在冷风中绷紧的脸蛋儿也自然地舒缓了。

突然，梢绘开心的表情阴沉了下来。在她租住的那栋公寓楼前的路上，就在电线杆附近，放着一个看似随手丢弃的硕大塑料袋。塑料袋里塞满了空饮料罐，几乎要被撑破一般。罐子隐约反射着路灯的光亮，释放出一种旁若无人且毫无生气的冰冷感，让看到的人莫名生厌。

（真讨厌！是谁啊？竟然做出这种事。）离不可燃垃圾的回收日还有一个多星期呢！再说了，这里又不是垃圾回收处。（是独居的年轻男性干的吧？肯定是。连公共场所该遵守的规矩都不懂，真过分！）

那场景实在刺眼，就像一幅画得乱七八糟的抽象画突然出现在了眼前。梢绘虽然希望道路立刻恢复整洁，但特意将垃圾带回家，一直放到垃圾回收日再处理，那也太让人受不了了。最后，她装作什么都没看到的样子，赶紧离开了那里。

（要是有人收拾一下就好了，可是……不，会有人收拾好的。如果明天早上还在那里，那就太气人了。）梢绘穿过公寓楼的大门，一边掏着自家的钥匙，一边气呼呼地想。（这种时候要是可以使用超能力该多好啊！那我就用透视能力搜出那个丢垃圾的家伙的住处，然后再用瞬间移动的能力把那一整袋堆积如山的空饮料罐送回那家伙的房间。这也太爽了吧！哎呀，瞎想什么呢？与其沉浸在虚无的空想中，还不如想想自己能实际做些什么呢。可能不是这个公寓的人干的。这么说来，看上去也像从别处丢来的东西呢。或许是附近的家伙干的呢。故意装成从临近街区用车运来的非法丢弃物。真有这种可能。干脆拜托管理员，让他向街道办事处反映一下情况吧。哎呀，难不成这是个阴谋？）

那一刻，梢绘满脑子都是那个令人讨厌的特大号垃圾，完全没留意到背后有个潜在黑暗中的身影正在慢慢靠近自己。那个身影微微前屈，好像嫌弃自己的体格太高大似的。只见这个人身穿黑色夹克似的上衣，脚上的篮球鞋很脏，一双大脚有意地放轻脚步，正一点点缩短着与梢绘之间的距离。

（嗯。没错。就是那样。肯定是附近的某个家伙干的。绝对是故意的。还装成是这栋公寓的人干的。绝对是有人想伺机找碴儿才这么干的，肯定会说些住在这边的都是些不遵守公共规则的年轻人、附近建公寓真是麻烦之类的话。)

虽然梢绘的想象逐渐有了点被害妄想的味道,不过周围居民与公寓居民之间,说关系对立似乎有些夸张,但也确实飘荡着某种不和谐的气息。

(常有些上了年纪的人仅仅因为对方年轻就对人家抱有偏见。可这种事情和年轻根本没有关系呀。不管发生什么事都要挑我们年轻人的错。为什么要迁就他们呢?这可不行。这次无论如何都得抢占先机。嗯。对了,想起来了,就是这样,这件事得投篇稿子说说想法。)

梢绘脑海里即刻浮现出《以维护秩序为名,实则扰乱秩序》的文章标题。她恨不得立刻坐到打字机前动手写。梢绘是所谓的"投稿迷",只要看到报纸杂志设有读者投稿栏,她必定投稿。虽然有这种嗜好,但投稿几乎没有被录用过。原因在于她虽然能大致提出像模像样的问题,却缺乏论述问题的能力,文章内容经常不痛不痒,不温不火,无可无不可。说白了,就是读起来没什么意思。对此,梢绘本人心里也有数。

即便如此,去年九月份,她的文章竟然被当地报纸的读者投稿栏录用了一次。那天的报纸梢绘专门多买了两份,还将出版社冲抵稿费给的薄礼郑重其事地收了起来。自那以后,尝到甜头的梢绘集中火力地往同一家地方报纸连续投稿,可时至今日再也未被录用过。

(还是题材不行啊。连自己都这么觉得。净是些谁都会说的平常大道理,毫无新意。也不对,题材再常见也没关系吧,只是得花些心思。拿今天这事儿来说,就不能只对违法乱丢垃圾表示愤怒,那就没一点意思,得加些料才行。)

这已不是简单的违法丢弃垃圾,背后还隐藏着居民之间的对立——这样一来文章就相当有戏剧性了。写得好的话，说不定还能被录用呢。某种期待涌上心头，梢绘有些飘飘然了。

（发现了非法丢弃的垃圾，这点容易写，问题如何证明这是一场企图在居民之间挑起矛盾的阴谋。难道不直接指出，而是拐弯抹角地暗示，还是让读者猜测？哎，好难啊！还是干脆说自己亲眼看到附近那位以提意见为己任的固执老太婆偷偷丢的呢？是呢。如果不在一定程度上添油加醋，文章就没有说服力，就没什么意思。嗯，不过这样做也会惹麻烦吧。的确。这跟以前投稿不同，感觉直接冒犯到某个人了。话虽如此，如果匿名投稿的话也没啥意思。真让人头疼！）

梢绘认真思考着投稿的事，完全没有留意四周的情况。她习惯性地走到自家门前，心不在焉地摘下手套，将钥匙插进锁孔，转动钥匙，打开了门。

梢绘一只手在身后拉着门把手，一只手摸索灯的开关。就在打开电灯的那一瞬间，门被什么东西卡住关不上了。怎么回事？梢绘正要回头看发生了什么时，"咚"的一声，后背突然被人粗暴地摁住了，手也从门把手上被扯了下来。梢绘在换鞋处险些趴倒在地。好不容易重新站好时，原本拿在手上的手袋已经掉在了地板上。

尽管看到了堵在门口的高大身影，梢绘也没意识到这是一起歹徒入室的紧急事件。事发突然，慌乱中她竟然没发出任何声音。

对方是个年轻男人。不，准确来说可能年纪很小。梢绘身高近一米七，穿上高跟鞋可以俯视公司一大半男同事。而这个歹徒，梢绘却要仰视才行。身高肯定在一米八以上。体格高大健壮，面孔却还像个孩子。虽然判断不出实际情况，不过看上去还是个学生。他身穿黑色上衣和洗得发白的牛仔裤，眼睛闪烁着奇怪的浑浊光芒。梢绘从未见过他。

"谁……"

梢绘总算回过神来，正要扯破喉咙发出尖叫的一刹那，男人举起了手臂。事情过去很久之后梢绘才知道，他手中握着的是哑铃。

还没来得及问出对方是谁，头部就遭到了重击，梢绘不得不把声音咽了回去。呼气堵在喉咙深处，那一刻梢绘特别想吐。视线摇摇晃晃，无法如愿稳定下来。梢绘感觉那种状态持续了很久，自己着急得不行。但实际上她瞬间就倒在了地上。浑身瘫软，身体仿佛化成了橡胶，完全用不上力。

"呜……不……啊！"

必须想些办法才行……心里干着急，身体却无法自如动弹。梢绘想要尖叫，喉咙却像被什么堵住了似的，一点声音发不出。就连四肢都像要完全失去知觉一样。恐惧犹如泥沼吞噬了梢绘整个人。

必须得逃走……梢绘像游泳一般将手臂伸向房间深处。此时，那双穿着篮球鞋的脚在踢飞了她的手袋后随即走进了房里。男人压到了梢绘身上，试图拉回趴在地上的梢绘。梢绘想要甩开男人的手，在回头的瞬间与男人四目相对。

这个人是想杀了我呀……梢绘本能地反应过来。一开始总觉得他是为了性侵才闯进来的。然而，现在从男人眼中根本看不到那种邪念。他的眼中只有冰冷的敌意——不，只有破坏欲，只有对梢绘的杀意。

我要被杀掉了……恐惧搅拌着她的脑浆。这么下去，我就要被杀掉了。

我要被杀掉了。

我要被杀掉了……焦躁感近乎癫狂地冲上心头，身体却依然使不上劲儿，连起码的抵抗都做不到。身上裹着大衣，更加难以动弹。不过，这对梢绘来说其实是不幸中的万幸。此时，假如梢绘乱动的话，为了彻底消除她的抵抗力，男人可能会再次抡起哑铃。在梢绘看来，袭击者几近冷血般沉着冷静，但他毕竟也是人，也会有相应的紧张。当猎物激烈抵抗时，他极有可能因此丧失理智，反应过度，继而一次又一次用哑铃反复重击梢绘。那么梢绘将会血流成河，尸体被人发现时，应该已经面目全非了吧。

但是，男人误以为梢绘彻底失去了抵抗能力，只重击一次就丢开了哑铃。当然，此时的梢绘不可能知道自己有多幸运。想设法逃走，身体却动弹不了。梢绘陷入了绝望，大颗大颗的泪水溢出眼眶。她无法放声大哭，只能从唇间发出细若笛声般的呜咽。

男人又用什么东西勒住了梢绘的脖子。梢绘此刻当然不知道，那是一条捆绑东西用的塑料绳。男人毫不留情地用力勒，梢绘的喉咙发出咿咿呀呀的声音。原本模糊的意识顿时清晰起来，梢绘再次想要动一下身体。与方才相比，指尖等处的神经虽然已经有所反应，无奈反应微乎其微。只有手在空中徒劳地摆动着，仿佛溺水者在拼命拍打水面。梢绘连男人的身体都碰不到，更别说推开他了。

大脑一片空白。要死了……我就要这么死掉了吗？

要死了吗？要被杀掉了吗？我才只有二十八岁啊。

不。不要。我不要这么死掉。

梢绘用尽仅有的一点力气，拼命挣扎。没有明确的目的，仅仅是对生命的盲目执着。突然，梢绘的指尖碰到了什么，她本人也没觉察到那是男人牛仔裤的后口袋。梢绘的手颤抖着从里面掏出了一样东西。

"啪"，那东西从男人的口袋中掉了出来，落在地板上的声音异常响亮。那一刻，男人的注意力移向了那边，掐着梢绘脖子的手稍稍放松了一点。

落在地板上的是一个小小的棕色手册。当然，梢绘此时没有工夫在意这些，也没看到这本后来改变自己命运的手册封面上写着"浴永高中"四个字。

不知道从哪里冒出来的力气，梢绘竟掀翻了男人，那力气大到连自己都觉得惊讶。虽然还远不能伤到对方，但梢绘得以从男人身下逃脱。从地板上跳起的那一瞬间，高跟鞋也从脚上脱落了。

梢绘迷迷糊糊地朝阳台方向爬去，塑料绳还紧勒在脖子上。不，梢绘自以为势如脱兔般冲了出去，但其实只移动了几厘米。虽然身体扭动得厉害，但绝大多数动作都是徒劳无功。长筒袜剐蹭在地板上，脚尖处先破了，在她匍匐爬行间又一直裂到了大腿附近。

距离玻璃门仅仅数米，此时却仿佛遥不可及的彼岸。要想到阳台，还得打开拉上的窗帘和玻璃门上的锁。把这些时间都算上，自己似乎需要无限的时间才能逃脱，一种错觉朝梢绘袭来，伴随着绝望，她整个人瘫软下来。

男人像滑垒一般朝梢绘扑来，隔着大衣拽住了梢绘的下半身，把她拖了回来。手触碰到了一个东西，梢绘一下把它抓在了手中，原来是刚刚男人为了掐她脖子才丢在一旁的哑铃。自己房间里怎么有这种东西？梢绘瞬间有些纳闷，可是没时间疑惑了。

梢绘握紧了哑铃，朝对方用力砸去。男人此时刚好逼近她，哑铃在离开梢绘的手之前就直接砸在了男人头上。

"呃！"

男人发出含糊不清的声音。这是梢绘第一次听到男人的声音。

"谁来……"直到刚才还沙哑的声带此时恢复了正常，好像刚刚在弄虚作假似的。尖叫声从梢绘口中迸发而出："谁来救救我。救命啊！啊啊啊啊啊！"

男人捂着头倒下了。梢绘将男人的身体狠狠踢开，再次匍匐前进。（谁……谁来……谁来……救救我……救救我啊！）爬了一会儿，梢绘剧烈地咳了起来，暂时停下后，她突然想起了什么。（对……对啊……警……警察……警察……）

梢绘泪眼婆娑，呼哧呼哧喘着气调整好了呼吸，总算扑到了电话机旁，正要把听筒放到耳边时才发现自己的太阳穴已经濡湿了。

（什……什么这是……这是什么？）她看向黏糊糊的手指，竟然是红色的。（血……是血？莫非……我的血？刚刚被打时留下的……）

白色的听筒也染上了黑红色，黏糊糊的。这一幕清晰地烙印在梢绘的视网膜上，她的意识顿时模糊起来。这么下去可能会死掉吧……当意识到是自己头部受了伤时，梢绘一下没了力气，整个人都萎靡下来。

男人似乎要站起来。或许刚刚被梢绘反击的缘故，男人的身体好像有些摇晃。而在此时的梢绘看来，这一幕仿佛发生在远处，她的大脑一片空白。

"别过来……求你了。"梢绘只能这么祈祷。(拜托了……别过来……别来这边……去别处吧……)

梢绘的意识模糊起来。这加剧了她的恐惧。

(不要啊……不要……)为了留下女儿的回忆,妈妈要自费出版自己放在老家的旧日记……这类记忆变得异常鲜明,并开始走马灯似的在大脑中循环。梢绘慌了。(昏过去的话……就完了……真的就完了啊……在那之前……打电话……打电话报警……)

梢绘用嘶哑的哀鸣督促自己,抽噎着按下了一一〇的号码。

"有歹徒闯入家中",接到一礼比梢绘的报警电话,警察就赶到了她居住的单间公寓——"福特公寓"一〇六号房。时间是一九九七年十一月六日,星期四,晚上八点二十六分。准确地说,梢绘并未讲清事情经过,她在电话中只是说了些断断续续的词语,"有男人……救命……'福特公寓'……一〇六……快点……要被杀了",之后就没了声音。尽管电话还在接通中,但无论接线员如何询问都再无回应。事后,警察才听梢绘本人说她握着听筒晕了过去。

"福特公寓"的正门在一〇一号房一侧,梢绘的房间在最里面。几名警察往里走时,在走廊上碰到一个正在左顾右盼的年轻男子。那人战战兢兢,好像不知该往哪个方向走,警察看他可疑,便上前盘问。

"打扰了。你是这栋公寓的住户吗?"

"啊,是的,巡警先生,"男人十分惊慌,"刚好你们来了。嗯……实际上,我刚刚听到了女人的惨叫声……"

男人还年轻,二十几岁的样子。学生或是自由职业者,这是给例行盘问的警察留下的第一印象。

"女人的惨叫？怎么叫的？"

"嗯。快来人啊，救命啊，大概就是这样。"

"哪里传来的？"

"这个没听出来。感觉不是从这栋楼外面传来的。可能是这边，或者一楼的哪个房间吧……"

年轻男子自称籾山庆一。据本人所说，现年二十一岁，住在"福特公寓"一〇二号房。他在二十四小时营业的家庭餐厅工作，今天是晚班，正要出门时听到了惨叫声。

"大概几点听到的惨叫？"

"我都说了，就在刚才。嗯，也就是四五分钟之前吧。"

一名警察盘问他时，其他警察已经向里面的一〇六号房走去。他们首先摁了门铃，但无人应答。打开没上锁的门往里一看，厨房的灯亮着。脱鞋处上去就是简易厨房，旁边是整体浴室，往里走是一间铺着地板的西式房间。地板很脏，看似被穿着鞋的男性踩过，上边掉落了一双高跟鞋和一只手袋。

"打扰了，我们是浴永警署的警察。"警察朝着房间里面喊了一声，"接到报警就来了。是哪位——"

西式房间里没有亮灯，一片昏暗，但看得到墙壁下的阴影处有个蜷缩着的人影。警察小心避开地板上的哑铃和棕色手册往里走去，随即看到一名女子握着听筒倒在那里。太阳穴处流着血，脖子上勒着塑料绳，绳子已经勒进了肉里。门口没有悬挂名牌，警察不知道女子的姓名，不过此人就是住在一〇六号房的一礼比梢绘。

"没事吧？坚持住！一定坚持住！"

梢绘对呼喊毫无反应。当警察抓住她的手腕试探脉搏时，梢绘总算睁开了眼睛。看到警察，她就发出了悲鸣，待对方打开灯自报身份后开始痛哭。之后无论再问什么，她都只是摇头哭泣，间或咳嗽几声。警察为她叫了救护车，之后环视屋内。

房间整洁，内部装饰怎么看都像是年轻女性一人居住，可满是脚印的地板，让人看了又难受又别扭。脚印像是篮球鞋之类的鞋子留下的，从脚印的尺寸来看，歹徒应该是一个体形健硕的人。屋内脚印凌乱，一直到通往阳台的玻璃门附近都是。

那扇玻璃门半敞着，纱帘在夜风中轻轻摆动。警察猜测凶手可能是从这里逃走的。掀起纱帘往外看，隔壁房间亮着灯。或许能从附近住户那里得到什么有用的目击信息。除了刚刚在走廊上遇到的年轻男子外，说不定还有其他住户听到了受害者的惨叫声。

警察检查了掉在地板上的哑铃和手册。哑铃上沾着一点血迹，简易厨房的地板上留有喷射状的血迹，可以想象受害者是在此处遭到袭击，被哑铃重击的。

小小的棕色手册封面上有"浴永高中"四个字。标注的年份是前一年，也就是一九九六年。从受害者的年纪来看，这不像是她的东西，考虑到房间的大小，似乎也没有同居者。因此，暂且不论手册是不是歹徒本人的东西，但基本可以断定是他遗落在此处的。

救护车很快就到了。一礼比梢绘好像从亢奋状态中平静了下来，但似乎还是没有力气开口说话。浑身乏力的她被送往了医院。

鉴定人员随即开始勘验现场。身着便衣的刑警钻过写着"禁止入内"的塑料绳，挨个进入了"福特公寓"的一楼。

"什么情况？"

"受害者还处于无法接受问话的状态，具体情况还不太清楚。"

中年便衣警察将装在塑料袋里的棕色手册递给了一名年长的男子。"只是，她身上还穿着大衣，手袋也掉在了脱鞋处附近。姑且不论歹徒入室的目的是强奸还是抢劫，看样子是瞅准了受害者回家开门那一瞬间闯进室内的。大致经过就是这样。"

"嗯。所以这个东西——"可能是顾及其他便衣警察的目光，年长男子将那本手册举到自己眼睛的高度说，"原来是逃走的歹徒落下的东西啊。"

"看来是。"

"不过，这上面有'浴永高中'四个字呢。是本学生用手册吗？那就是说——"

他用戴着白手套的手从塑料袋里取出手册，翻开了最后那页。只见右侧的那页被撕破了，学校的印章只剩下了半个。看样子那里原来贴着手册主人的大头照，后来被撕了下来。左侧那页则被整个撕掉了，估计这里原本写着学生的联系方式等信息。

"这难道是不想暴露自己真实身份的意思吗？"

"不过印章还留着，如果能与学校的记录核对一下，说不定就能查出手册是谁的了。也就是说，那位学生就是这次事件的——"

"等等。立刻断定是大忌。也可能仅仅是受害者替人保管的失物。没有写些别的什么吗？"年长男子从第一页开始翻看手册，"嗯？这是什么？"

手册的前几页也有被撕掉的痕迹，后面每一页的右侧页面上都写着一个人名。字迹潦草。

架谷耕次郎　四十二岁
在浴永医科大学附属医院工作
电话　×××——×××——〇〇〇〇
住址　〇街道×号（浅黄公寓）八〇八号房

矢头仓美乡　十一岁
浴永小学五年级学生
电话　△△△——△△△——××××
住址　××街道△△号乙户

寸八寸义文　七十七岁
无业
电话　〇〇〇——〇〇〇——□□□□
（需由公寓房东呼叫）
住址　〇街道甲户（姬寿庄）二号房

"通讯录吗？"

"也许是朋友联系本。不过就一个普通高中生来说，感觉交友也太杂了。"

"是啊。职业、年龄都找不到共同之处。"年长的警官突然歪过头。

"等等。这些名字，每个都在哪里……"

"等一下。这个，"从一旁凑过来看的便衣警察指着一个名字说，"这个不是刚刚被送去医院的受害者吗？"

"嗯？"

在有关"寸八寸义文"的信息下一页左侧页面上也用同样

的字迹写着：

　　　　一礼比梢绘　二十八岁
　　　　在 TARIMA 兴产工作
　　　　电话　〇××——△××——〇〇〇〇
　　　　住址　△街道乙户（福特公寓）一〇六号房

"福特公寓的一〇六号房……"
"是的，没错。就是这里。"
　　不仅如此，在写有梢绘名字同一页的右侧页面上非常潦草地写着些可怕的内容。

　　　　杀害方法　必须统一
　　　　击打脑袋　搞晕对方
　　　　勒住脖子
　　　　必须自带凶器
　　　　证据要寄给警察
　　　　手指？耳垂？
　　　　容易腐烂　可能比较麻烦
　　　　各自的头发
　　　　冲击力不够，怎样才行？
　　　　但□□□老头秃了怎么办？
　　　　用体毛吗？

"这是……"
　　刑警们都哑口无言，大家面面相觑。

过了一会儿，不知谁小声轻轻咕哝了一句。"这是……那个吧……"

"是的，就是那个。我想起来了。这里写的名字全都是那个……"

又是一阵令人压抑的沉默。打破沉默的是那名年长的警官。"这下要出大事了"。

第二天，十一月七日，星期五。

医院经过细致的检查，确定梢绘脑部没有异常。她头部和脖子缠着绷带接受了警察的问询。警方根据她的证词绘制出了那名袭击她的男青年的画像。询问梢绘时，警方没有提及在现场发现了疑似歹徒遗留物品的学生手册，但警方后来发现浴永高中过去有名学生与画像一模一样。

不久之后，一名未成年人因疑似杀伤、杀害四名男女，以杀人及杀人未遂的嫌疑在全国范围内被通缉。在那之前的三个月，一直困扰县警和所辖联合搜查队的连续杀人事件一下子有了进展——

看似如此，其实……

事件最终陷入僵局。

至少官方是这么说的。

第二章　愁

二〇〇一年十二月三十一日，星期一。除夕傍晚四点半。

一礼比梢绘在事先约定的地方下了出租车。此处位于郊外的住宅区。眼前的宅子很大，占据了住宅区的一角。宅子是栋两层建筑，东西合璧的风格，大得填满了整个视野，门牌上写着"凡河"。是的，就是这里了。

今晚就——梢绘停下脚步，放松双肩，做了次深呼吸。今晚我的心愿就能了却了吧？那些长期以来困扰折磨自己的谜团，今晚终于可以解开了吧。

岁月如梭，稍纵即逝。梢绘叹了口气。遭遇神秘男人袭击竟然已四年有余。事发时梢绘才二十几岁，就这么茫然地过了而立之年。究竟是谁袭击了自己，至今仍不知晓。甚至连原因都不知晓。

这四年里，梢绘痛感横在世人与自己之间那种令人心寒的温差。对于那次事件，包括父母在内的周围人都已迅速淡忘，不，应该说已经彻底忘了才对。然而，梢绘却完全相反。别说淡忘了，无法释然的恶劣情绪越发浓烈，在心头越积越深。

这应该叫作后遗症吧。那次事件给梢绘造成了巨大冲击，她因此患上了某种社交恐惧症，准确说来，算是男性恐惧症。

差点儿被陌生男人突然杀掉，这种经历给人造成的恐惧之深远远超出正常想象。因此，梢绘至今依然单身。事发后虽然先后谈过几次恋爱，也遇到过对她的特殊遭遇表示理解后才开始交往的男性，梢绘也曾为对方的人品而心动，感觉和对方在一起应该会很幸福。但是，她总在最后关头下不了决心。因为她害怕对方就算现在人品温厚，说不准什么时候就变成了狂暴的杀人狂魔……尽管梢绘自己也知道这么想很荒唐，但这种妄想就是在她脑海中挥之不去。

差点儿被陌生人突然杀死，原因一直不明。虽说好赖保住了性命，但事实上当时稍有差池自己就会死。那种莫名其妙的极限状态，那种恐怖，不是只用一句"不合常理"就能概括的。没错，只要谜团不被解开，这恐怕会成为梢绘一生的心灵创伤。

不，就算谜团解开，也无法保证梢绘能够从这种痛苦中解放出来，说不定因为谜团解开又要背负别的十字架。假如搞清楚那个男人的杀意源于自己无法承受的沉重感情，该如何是好？自己承受得住吗？谁能断定事件的真相不会对自己造成毁灭性的打击？倒不如一直这样下去呢。这种犹豫、惶恐，在四年间也是令梢绘苦恼不已的一个问题。

但是，还是想知道。梢绘决定了。如果可以，还是想知道真相。既然都会痛苦，那也弄明白一切后继续痛苦吧。

今晚总算——今晚就能解开所有谜团了吗？等了这么久，却没有明显进展。可自己为何不觉得失落呢？不过……胡思乱想中伸向呼叫器的手指一下没了力气，梢绘重新打起精神按下了按钮。

"来了——"传来一位男士温和低沉的声音。是双侣澄树。梢绘不禁有些着急，自己比约定的时间早到了三十分钟，没想到他来得更早。

"啊，晚上好。我是一礼比。"

"你好，马上就来。"

大门很快就开了。门内出现了一位身着西装的高挑男士，是双侣。他二十七岁，比梢绘小五岁。四年前那起事件发生时，双侣好像刚刚从警察学校毕业分配到浴永警署。梢绘躺在医院病床上，头和脖子还缠着绷带就接受了几位刑警对事件经过的问询，还是新人的双侣碰巧也在其中。

"让你专门跑这么远，真是不好意思。"

"哪里，是我不好意思才对。"双侣一如既往的温和声音让梢绘一下忘掉了刚刚还萦绕在心头的种种忧虑。"给您添了这么大麻烦，真是抱歉——不过现在说这些也没用了。"

"不管怎样，要是能帮上忙就好了。啊，这个给我吧。大家都到齐了。"双侣熟练地从梢绘手中接过大衣，收进门旁的衣柜中，接着将梢绘带到了一间宽敞的西式大厅里，"来，请进！"

大厅里放着一个暖炉模样的大型取暖器，五名男女聚在周围，姿态各异地蜷卧在沙发或者安乐椅中。室内很暖和，所有人都衣着单薄，手里端着咖啡或红茶杯，看上去很轻松自在的样子。

在众人的注视下，梢绘有点发怵，没想到这么多人为了自己聚到了一起。

"各位，我来介绍一下。这位是一礼比梢绘小姐。"梢绘默默行礼，动作有些僵硬，双侣从后面撑着她的背。介绍完后，双侣又一一向五名男女引见了梢绘。

首先是一位穿和服的白发老人。他本就身材矮小，当时又坐在室内最大的一张椅子里，看上去显得愈加瘦小。他眼睛细长，却戴着一副镜框很大的眼镜，双脚悬离地面，上面套着一双松软的拖鞋，看上去仿佛人造玩偶，整个人透着一种说不出的滑稽。

"这位是今晚为我们提供场地的作家凡河平太先生。"

听了双侣的介绍，梢绘大吃一惊。看到大门口的名牌时她完全没做任何联想。梢绘也熟知凡河平太这名作家，何止熟知，自己还有几本他写的书呢。虽然未曾获得过文学奖，但凡河先生曾连续创作过多部畅销推理小说，是一名卓有建树的大作家。他应该快八十岁了吧，现在除了担任各种新人奖的评审之外，几乎不再发表新作了，听说处于半隐退的状态。梢绘惊呆了，没想到会遇到这么有名的人物。

接下来介绍的是一名中年女士，梢绘感觉有些面熟。这位女士长发染成了棕色，慵懒的眼神令人难以捉摸，这让她的美颇具异国风情。

"这位是矢集亚李沙老师，作家，同时也是随笔作家。"

不会吧，竟然是她！梢绘开始兴奋起来。矢集亚李沙虽然也有几本推理方面的著作，但她从单身母亲的角度发表过很多有关育儿和教育问题的随笔，反倒是这个身份更为出名。梢绘也非常喜欢她的随笔，集齐了她的所有著作。其实梢绘一周前才刚刚买了她的新书。

（哎呀！早知道会遇到她，就带那本书请她签名了……）想到这里，梢绘不禁对当真遗憾的自己苦笑起来。今晚可不是什么轻松的聚会啊，自己竟然还有心情想这些俗不可耐的事情。不过梢绘又想，从另一个角度来看，这也未尝不是一件好事。（是啊。起码证明自己对活着、对人生还非常眷顾啊。）

最近，矢集亚李沙在各种媒体上都隐去了自己的出生年月，但梢绘是她多年的粉丝，知道她今年五十岁了。她最大的儿子应该已经上大学了，可即便她本人就在眼前，也根本看不出有这么大年纪。身上的浅驼色连衣裙不经意地勾勒出身体的曼妙曲线，洋溢着某种淫荡感的姿色与少女般不谙世事的天真烂漫在她身上完美融合，使她自带一种独特气场。

接下来，双侣介绍的是一位年过五十的男士，虽然不是作家，但经常在电视和杂志上露面，那张面孔梢绘也很熟悉。稀薄的头发梳成了背头，下巴稍宽，面相严肃，身穿暖色调的夹克和高领毛衣，整个打扮颇为时尚却有扮年轻之嫌。

"这位是原县警，现在本地经营一家大型私家侦探社的丁部泰典先生。"

本地电视台新闻节目只要播出搜寻离家出走人士或民间窃听问题之类的特别专辑，他必然会以评论员的身份出现。他好像还写过危机应对和防身术之类的书，不过梢绘没看过。哎呀，连这么有名的人物都特意为自己来到了这里，梢绘虽然心生感慨，但并未因见到丁部而过于兴奋。大概因为这个，梢绘稍稍平静了下来。

在双人沙发上盘腿而坐的是一位和梢绘差不多年纪的女士。波波头，黑色套装包裹着娇小的身躯，乍一看虽有些土气，却遮盖不住她散发出的耀眼光芒。

"这位是浴永短期大学讲师泉馆弓子老师，专门从事犯罪心理学的研究。"

亚李沙已是相当漂亮的美人，但泉馆弓子的美超出了常人。果不其然，她曾是日本小姐，有过一段特殊经历，在东京做过艺人。虽然时间很短，但也曾风光一时。重回学校读了研究生之后，到现在的学校做了老师。她现在也不断接受本地电视台、报纸等媒体的出场或撰稿邀约，在媒体露面的频率比刚刚那位丁部还要高。坦率地说，在梢绘看来，弓子的人气比丁部高多了。刚刚平静下来的迷妹之心此刻又蠢蠢欲动起来。

只有最后介绍的那位男士梢绘从未见过。他长发垂肩，穿一条牛仔裤。说是随意，给人感觉更像随便，看上去还像个学生。后来知道他已经三十过半时，梢绘大吃一惊。

"接下来这位是作家修多罗厚先生，专门研究本格推理。"

虽然这么介绍，但梢绘从未读过他的书。据说在业界还算有名，但起码梢绘从未听说过修多罗这个名字。在梢绘看来，在场的人里似乎只有他格格不入。他面带讨好似的笑容，每当换人发言时，都礼节性地将脸转向说话者。那样子与其说是亲切随和，更像因搞不清自己的位置而引起的左顾右盼。

今晚参加聚会的人基本都是"恋谜会"——当然，会名读起来与"联盟"相同——的成员。令人意想不到的是，据说"恋谜会"是由修多罗厚发起并创建的。其主要目的是让从事推理创作的人互相交流与学习。定期举行的聚会每次都会邀请像丁部泰典和泉馆弓子这种与犯罪相关领域内的权威做讲师，有时也会围绕特定事件交换意见。常规成员与常驻讲师平时还要多一些，加上只来一次的人，"恋谜会"大概由三十人构成。顺便一提，双侣是通过原县警丁部泰典得知"恋谜会"的。

"那么，今晚计划出席的人都齐了。"把梢绘安置在座位上后，双侣可能为了继续做主持就一个人站着环顾了一下四周，"今天麻烦大家了。我想不必再说一次了，今天聚会的目的是想借助大家的聪明才智，解开四年前连环杀人案留下的谜团。"

"能够被案件负责人直接点名并委托，我们感到非常荣幸。"修多罗厚面带微笑地看了下四周。声音有些沙哑，莫非感冒了？

不过从外表根本看不出来。

"话虽如此，但这不是我作为警察的委托。"双侣客气地强调，"前几天我也说过，这个聚会顶多算我个人兴趣恰巧与诸位的求知欲不谋而合的结果。"

双侣把话说得模棱两可，但事实并非如此。其实，今晚的聚会是在梢绘恳求下双侣举办的。

都是去年春天的事了。梢绘卷入的连环杀伤案已经淡出了媒体与大众的视野，开始陷入迷局。梢绘无暇哀叹世人的三分钟热度，却无法理解为何这一事件迟迟得不到解决。犯罪嫌疑人的画像根据梢绘的证词被绘制了出来，其身份也应该早已据此被确定了呀。

四年前，也就是一九九七年十一月。事件刚过不久，在梢绘的协助下，袭击她的年轻男人的画像被顺利地绘制出来。没过多久，包括双侣在内的几位搜查官就拿着一张彩色照片登门拜访了梢绘。

看到照片时的震撼令梢绘永生难忘。照片上的人正是那天企图杀死自己的年轻男子。

不管怎样，梢绘也就在那天见过那个歹徒一面。虽说那张脸想忘也忘不掉，但梢绘也不确定自己是否将他的容貌描述清楚了。老实说，梢绘对画像能起多大作用也半信半疑。对她来说，警方带来的照片简直就是魔法般的好消息。就算画像画得再逼真，也不可能如此迅速地找到那个男人吧。

不愧是警察。日本的警察果然优秀。梢绘对双侣等人甚至心怀敬重。这样一来，解开所有谜团也只是时间问题了吧。那一阵子梢绘坚信如此，并期待着……

"这么说的话，可能听起来像是狡辩，"双侣苦笑着继续说道，"正如各位所知，四年前发生的那起神秘连环杀伤事件至今仍未解决。作为经办此案的警察，我真是惭愧至极。不管怎么说，最令人痛心的是，虽然有赖在座的一礼比小姐协助，锁定了犯罪嫌疑人的身份，但其行踪至今还未查明。"

梢绘此前曾求过双侣几次，"如果下落不明，至少也告诉我他的名字吧"。但双侣无论如何都不肯相告。当梢绘看到那男人的照片时，立刻明白了其中缘由。

"我想无须再次说明了，一礼比小姐是歹徒的第四个目标。幸运的是，她活了下来，可歹徒至今生死不明，说不定会再次袭击一礼比小姐。当然，现在的安保措施很周全，但不难想象一礼比小姐每天依然会被不安所困扰。为什么自己差点儿被杀？搞不清其中原因是她最大的苦恼。"

正因如此，去年春天，梢绘哭着恳求双侣，犯罪嫌疑人的身份可以暂且不谈，但能否只告诉自己那个男人盯上自己的动机是什么。当然，梢绘没指望警察已经弄清了这点。实际上，犯罪嫌疑人还未抓捕归案，案情依旧迷雾重重。双侣没有立即回答，而这也在梢绘意料之中，直接向他哭诉并非为了寻求结果，不过是一时冲动之下的行为罢了。可双侣竟然对她说了一句意料之外的话——"给我点时间"。

"说来惭愧，我们至今还没搞清楚歹徒的犯罪动机。坦白说，这样下去可能会以抓不到嫌疑人结案，真相可能会永陷迷雾之中。我们希望事件被彻底解决，也很想消除一礼比小姐的不安，可遗憾的是，我们还得侦办其他案件。不，我绝对没有找借口的意思，关于这起神秘连环杀伤事件，直到现在，专案组还在寻找嫌疑人的行踪。我们会拼尽全力。只是，目前我本人已经被调离专案组。"

这也正是梢绘对警察最不满的地方。其他警察对这起事件是否重视抛开不论，关键是他们根本不把梢绘的诉求当回事。至少他们给梢绘留下了这样的印象。他们有时甚至会直截了当地说，都安排了警卫，没有必要过度担心，或者明确表示再担心也没用。

唯独双侣澄树是个例外。可能他是在女性众多的环境下长大的吧，年纪轻轻似乎就相当理解女性心理，不知不觉他就成了梢绘唯一信任的警察。可警方并不体谅梢绘的心情，竟然把双侣调离了专案组。即便如此，双侣依然会在工作之余抽出时间与梢绘见面，继续听她倾诉。梢绘对这唯一的安慰一直心存感激，可没想到他会帮自己帮到这种程度。

"所以我呢，说是赎罪可能有些不妥，不过去年春天以个人名义与梢绘做了约定。我虽然帮不了她多少，但会拜托各方人士从不同于警方的角度思考这起案件。这也是今晚聚会的目的。我已经通过丁部先生向大家提供了警方到目前为止获得的所有信息，并且对事前提出要单独调查的各位成员也提供了尽可能的帮助。当然，这一切都是秘密进行的。"

说是为大家提供帮助，但双侣不过是一介警察，就算得到了前任警官丁部的协助，但一切都得在暗中进行，工作推进势必烦琐又耗时。从与梢绘约定好开始，到实际召开这次以探讨案件为名目的聚会，中间隔了一年多的时间。

"和一礼比小姐约定时，还想着世纪交替之前得做些什么，没想到就这么迎来了新世纪。我不禁为自己的无能感到羞愧，心里想着至少在二〇〇一年结束之前完成这件事，因此除夕之日勉强工作繁忙的各位特意集中在这里。"

如果可能的话，双侣似乎还想召集更多的成员，但毕竟是在除夕，有空的也就这五个人。但梢绘根本不在意"只有"五个人，她真心觉得能召集到五个人已经很了不起了。是今天本来就有空，还是对案件感兴趣特意抽空前来？大家或许各有到场的原因，但不管怎么说，今晚能够成功举办聚会无疑是双侣个人的功劳。

话说回来，梢绘悄悄环视大厅。这个宅子的确相当气派，难道凡河先生独自一人住在这里吗？从刚才开始，那群作家中最年轻的修多罗厚就像在自己家似的走来走去，还给梢绘端来了一杯咖啡，可没有看到一位像是凡河家人的人，也感觉不到其他房间有人的样子。梢绘完全不清楚凡河平太的家庭成员构成，可偏偏在除夕之日以这种形式开放自家，也只能猜测凡河是独居了。不过，也可能是除他之外的所有家人趁这个时候集体去海外旅游，准备在国外迎接新年吧，凡河最初也打算同行，可由于对探讨案件感兴趣，便一个人留了下来。对，也有这种可能。

"嗯，不好意思，双侣先生——"双侣刚刚说过的话引起了梢绘的关注，她突然插了一句，"您刚刚说……向大家提供了警方目前为止获得的所有信息，对吗？"

"正是。"

"嗯，那个，我这么说可能有些失礼……您真的将所有信息都提供给大家了吗？"

"至少我没有刻意隐瞒任何信息。可以这么认为。"

"也就是说，信息也包括被当作犯罪嫌疑人的少年的名字和身份对吗？"

双侣缓缓地、重重地点了点头。

这些都是梢绘一直想知道，但怎么都无法得知的信息。她的意识一下模糊起来，对眼前这五个轻易得到信息的人，甚至产生了类似嫉妒的感觉。她随即又恨起了双侣，但自己无法责备他。因为四年前梢绘看到的照片中，那个年轻男子穿着灰色的运动上衣，梢绘当时就知道了，那是当地浴永高中的男生校服。

"不管怎么说，"双侣可能察觉到了梢绘的心情，有些抱歉似的说："问题的焦点在于歹徒的动机是什么。如果不知道嫌疑人身份，大家就无法发挥自己的聪明才智。所以，一礼比小姐……"

梢绘发觉双侣说话的语气中透着一丝严肃和紧张，于是抬起了头，与双侣目光交汇。

"我再次请求你，今晚这里的谈话内容不要透露给任何人。当然，也请你相信在座的诸位都是口风很紧的人，我也请专家确认过，这座房子里没有被人安装窃听器之类的东西。"

看到丁部泰典点了点头，梢绘猜测检查工作应该是他做的。

"你今晚在这里听到的一切，不管你觉得多么微不足道，也请你保证不要对其他人泄露一句，可以吗？"

"我绝对不会泄露。"被双侣再三叮嘱，感觉好像不被信任似的，梢绘心中有些不快，不过她也能理解双侣如此做的原因。"说到底，我只是想知道自己为什么会遇到这种倒霉事。"

"明白了。那么，在请诸位发表自己的看法之前，我们稍微回顾一下事情的经过。"

看到双侣拿出了一张照片，梢绘倒吸了一口气。那正是四年前看到的那个年轻男子的照片。

"非常抱歉，请允许我再次确认一下。一礼比小姐，四年前的十一月六日晚，在'福特公寓'袭击你的歹徒是这名男子吗？"

"是的……"

梢绘的声音不禁颤抖起来。这远比四年前在病床上躺着看照片时紧张得多，当时的恐怖感再度鲜明地复苏了。对她来说，这张照片终生难忘。穿着浴永高中校服的年轻男子，不，应该称他为少年。这张脸占据了梢绘整个视野，被扼住脖子的情景随着时间的流逝开始成熟并发酵。

即使现在偶尔也会梦到，那个拼命想逃出，却一直在泥潭中挣扎的噩梦，而且噩梦总是伴随着臭味。被袭击时还没有意识到，可随着时间的流逝，那种仿佛脂肪和血液交融的臭味竟在记忆深处扎下根来。那是年轻男子的体臭。梢绘感觉臭气仿佛从照片中散发出来，强忍住了吐意。双侣则用低沉慎重的语调对她说："他的名字叫口羽公彦。"

"口羽……"

"有印象吗？"

"没有。"

这个名字梢绘还是头回听到。虽然知道双侣没有别的意思，但梢绘还是感觉双侣在责备自己，有种情绪从她心头升起，说不清是焦躁还是气恼。反正都要告诉我，为什么不在四年前说……直到现在才让我知道。梢绘愤愤地想。当然，就算四年前知道了那个少年的名字，若被问到有没有什么头绪时，自己的回答也和现在没什么两样，可是……

"案发时，他是浴永高中一年级的学生，十六岁。啊，不对，准确说来，连环杀伤事件发生时他应该读二年级。不过这么说得他当时正经上学才行。"双侣的措辞比较委婉,"我想不用我再强调了,警方之所以一直没有公开口羽公彦的姓名,是因为他还未成年。"

"可他现在已经成年了呀。"修多罗掰着手指插嘴道,"当然,那也得他现在还活着才行。"他若有所思地又加了一句。

不会吧?难道他想说那个人已经死了吗?听到修多罗的话,梢绘颇为震惊,整个人都沉不住气了。

双侣完全不顾梢绘的反应,点头说道:"没错。如果他现在还在某处活着的话,是这样的。好了,我们接着把案件再回顾一次。大家另当别论,不过我感觉对一礼比小姐来说,有很多情况都是初次听闻,包括一个事实,即嫌疑人在案发时才十六岁,不,准确说来是十七岁,还是一个读高中的青少年。"

当时是个高中生……梢绘近乎茫然地听着双侣讲话。尽管在四年前看照片时就隐约知道了这点,但亲耳听到有人这么说,她的内心还是不由生出一种别样的震动。十六岁。才十六岁?当时才十六岁的少年?那孩子为什么偏偏对我……

"首先,四年前——一九九七年二月十七日。我想得从这天说起。"

"嗯?"梢绘有些不解,"二月……为什么是二月?"

而且,为什么是十七日呢?双侣接下来的回答打消了她的疑虑。

"那天,口羽公彦无故旷课。自此之后他便不知所踪,直到现在都下落不明。"

"这么说来,那天就是这个少年行迹不明的开始对吧?"

"严格说来,口羽公彦最后一次被人看到是在那天前的两天,即二月十五日,星期六。"

28

最后一个看到口羽公彦的人是他还在读初中的二弟，名叫兼人。顺便一提，口羽家有六口人，分别为祖母、父母，还有以口羽公彦为首的三兄弟。

"那天，公彦从学校回来后一直把自己关在房间里。下午四点左右，二弟兼人到公彦的房间去借英语词典。兼人在证词中说，他事后想起来，哥哥当时好像有些闷闷不乐，他说了要借词典，哥哥也心不在焉，因为前一天是情人节，他就想或者哥哥在学校里遇到了什么不开心的事吧。不过只靠弟弟的证词也难以准确判断公彦的心情。"

傍晚七点左右，兼人发现哥哥不在他自己的房间了。当时他以为哥哥可能去找朋友玩了，就没太在意。妈妈奇怪哥哥为什么不下楼吃晚饭，兼人便说哥哥身体不舒服正在休息，就这么糊弄了过去。顺带一提，他们的父亲当时因为工作原因不在家。

第二天，也就是十六日，星期天。看样子公彦前晚没有回家，兼人单纯地以为哥哥大概是在朋友家过夜了，看到哥哥没下楼吃饭，兼人故伎重施，为哥哥找了个适当的借口，骗过了家人。

接下来的一天，十七日，星期一。认定公彦留宿在朋友家的兼人想当然地以为哥哥从朋友家直接去了学校，也没跟父母说明哥哥的情况就去上学了。但实际上公彦并未在学校出现，由于没有看到公彦的病假单，班主任便联系了家人。无论在家中，还是在学校，身为长子的公彦都被认为是一名认真的好学生，母亲没想到他会无故旷课，因此十分不解。她想不到儿子会去哪里，心中没有一点头绪。那天，兼人放学回家后向家人坦白了一切，大家这才发现公彦从周六傍晚开始就下落不明了。

"口羽公彦的父母那晚请求当地警察局搜寻长子的下落，但没能找到。他既没有从家里带走多少行李，手头也没有太多钱。就算是离家出走，也没发现他留下什么信件。父母和两个弟弟把所有能想到的亲戚朋友都找遍了，也没发现他投奔了哪一家。因此，最开始都以为口羽公彦被卷入到某个事故或者事件之中去了。"

公彦失踪的那个春天，学校开始了新学年。那一年，出生在六月份的公彦十七岁，成了二年级的学生。虽然依旧生死不明，但浴永高中当他还活在人世，保留了他的学籍。不过熟人之间已经开始流传一种绝望般的猜想——他已经死了吧。就在这个关头，连环杀伤案发生了。

第一起案件发生在那年夏天，在八月七日到八月八日之间。

"架谷耕次郎，四十三岁，在浴永医科大学附属医院第一外科工作，遗体于一九九七年八月九日星期六被发现。根据尸检结果，可以推定死亡时间在前两天的八月七日晚上九点到八月八日凌晨三点之间。"

架谷耕次郎死于窒息，颈部被包装用的塑料绳勒着，头部留有被钝器击打的痕迹，可以断定是在被凶手剥夺抵抗能力后遭到的绞杀。

"架谷是有家室的人，但一九九七年案发当时，他离开了小自己两岁、曾任护士的妻子与两个孩子，独自一人生活。处于所谓夫妻分居状态，也可以说离婚是迟早的事。顺带一提，据架谷夫人所言，分居的原因是架谷发生了婚外情。"

架谷耕次郎的遗体在他独居的租赁公寓（浅黄之家）八〇八房被发现。由于前一天无故缺勤，医院同事感觉可疑特意前来查看，发现他仰卧在房间的换鞋处。当时，尸体上穿着鞋，房门也没上锁。可以据此推断，架谷是在八月七日晚回家途中被凶手跟踪，随后遭到了袭击。

八〇八号房室内没有被翻动过的明显痕迹，但被害人在被击打头部昏倒，进而遭到绞杀时，室内地板上留下了疑似凶手穿鞋进入的脚印。是篮球鞋留下的鞋印。

"凶手的第一份犯罪声明是在八月十一日，星期一，首先寄给了媒体。送到报社和电视台的信封中还有一个小塑料袋，里面装着人的几根毛发。信上是打字机打出的几个字：'架谷耕次郎，第一人'。"

送到报社与电视台的毛发在与尸体毛发的截面相互比对后，发现那确是被害人架谷耕次郎的毛发。

"神秘的连环杀伤案件就这样拉开了帷幕。当然，虽然凶手声称这是'第一人'，但在此阶段警方也难以判断案件是否会继续发生，所以当时就发布了封口令，严禁内部人员透露任何有关被害人毛发的信息。"

然而，事与愿违，警方虽然希望此案为偶发事件，但第二个月，即九月四日，又出现了新的被害人。

"第二名被害人为浴永小学六年级的学生矢头仓美乡，当年十二岁。她的尸体在自家附近的胡同中被一位邻居发现，时间是下午六点左右。"

矢头仓美乡与架谷耕次郎相同，也是在遭钝器击打头部后，又被包装用塑料绳勒住颈部，死因同为窒息。尸体被发现时身上还背着书包，着装也较为整齐，完全没有遭到性侵的痕迹。

"尸检结果显示，被害人是死后立刻被发现的。四点半后，同班同学表示在小学校门附近看到过死者，由此可以判断死者在放学途中遭到了凶手的袭击。犯罪行为发生在五点前后。"

之后，凶手再次将犯罪声明寄到了报社和电视台，时间为九月八日，星期一。小塑料袋里装着几根稍长的毛发，截面的比对结果显示毛发为矢头仓美乡的头发。装在同一信封内的信上依然是打字机打出的几个字——"矢头仓美乡，第二人。"

"正如刚才所言，警察为了锁定凶手，同时也为了防止模仿犯罪与借机犯罪等情况的发生，从一开始就对内带毛发的犯罪声明秘而不宣，彻底执行封口令。因此，几乎可以确定，这两起案件为同一凶手所为。"

第三起案件发生在第二起案件的一个月之后，即十月二日。被害人名为寸八寸义文，独自住在老旧木质公寓"姬寿庄"的二号房，当年七十八岁。"寸八的遗体是在该公寓一楼他自己的房间中被发现的。十月三日，公寓管理员早晨打扫卫生时注意到他的房门半开着，随即发现了尸体。"

尸检结果显示，寸八寸义文同样是窒息而死。先用钝器击打头部以剥夺被害人的抵抗力，再用塑料绳勒住颈部的杀人手法，与前两起案件如出一辙。尸体倒在房门附近，由此判断被害人也是在开门时遭到了袭击。死亡时间推定为十月二日晚七点至十二点之间。

公寓的门廊处，以及二号房的地板上，都留下了好似凶手穿鞋踏过的痕迹。与前两起案发现场相同，痕迹也是篮球鞋鞋印，再次证实这一系列事件的凶手为同一个人。

"寸八寸先生靠低保生活，没有亲人，无依无靠。性格虽不算孤僻，却没有相熟的朋友。每天独来独往，独自散步，独自在公园里读书。"

叫作口羽公彦的少年为何盯上了这位孤独的老人？这个四年间不知思考了多少遍的疑问再度令梢绘焦躁起来。不，何止寸八寸，还有叫作架谷耕次郎的医生，叫矢头仓美乡的小学生，然后还有我。究竟为什么？她默默环视着聚集在大厅里的每张面孔，心想：这些人真的能给出答案吗？

"十月六日，星期一，报社和电视台再次先后收到装有被害人毛发的犯罪声明。声明中写道'寸八寸义文，第三人'。"

"接着，第三起案件发生后的一个月，十一月六日——"修多罗将手臂抱在胸前朝梢绘望去，"在座的一礼比小姐遭到了袭击。"

"是的。犯罪现场为她当时居住的'福特公寓'一〇六室。遗漏在现场的哑铃上沾着几种血迹，分别与架谷耕次郎、矢头仓美乡、寸八寸义文，以及一礼比梢绘小姐的血型一致。后经DNA鉴定，确实为四人的血迹。报告还指出，哑铃上还沾着一处不属于四人的血迹，应该是凶手口羽公彦所留。想必是一礼比小姐用哑铃反击时击伤对方留下的。"

"也就是说，凶手为了使被害人失去意识，一直使用同一个凶器。"如果已经提供了事件的所有信息，那在座的诸位应该很清楚了呀。也可能是双侣为了再次确认事实吧。修多罗频频点头。"凶手行凶使用的塑料绳每次都勒在被害人的颈部留在了现场，原来这些塑料绳也是同一种啊。"

"没错。"

"而且，从遗留在现场的手册上也检测出了指纹对吧？"

"是的。指纹与在口羽公彦家采集到的指纹一致。还有一礼比小姐奋力反击，从凶手口袋中抽出手册时留在上面的指纹。除此之外，没有检测出其他指纹。顺便一提，那是浴永高中的学生手册。"

"警察之所以能查出口羽公彦这个少年，那本学生手册发挥了很大作用吧？我记得警察在搜查过程中很快锁定了他呢。"

"正是这样。根据一礼比小姐的证词制作了画像，还有就是浴永高中的学生手册。围绕这两点进行了调查，结果迅速锁定了失踪的那名高中生。"

什么呀。梢绘有点失望。原来是这样。说来很理所当然的经过，但在四年前，梢绘对警察锁定凶手的手法和速度感激不尽，犹如看到了魔法显灵一般。现在感觉那时的自己真滑稽。

"后来拿到了这张照片，经一礼比小姐确认后果然没错，对吧？"

"正是。"

"换句话说，连环杀人案的真凶为口羽公彦，警方对此坚信不疑。可以这么认为吗？"

修多罗的语气听起来仿佛真凶另有其人，对此，梢绘很是惊讶。但双侣不顾梢绘的愕然，从容不迫地点头道："是的。我们只对这点坚信不疑。"

第三章　想

"——非常抱歉，今晚请允许我做一名旁听者。"终于到了各自畅谈己见的时候，可前县警、现经营大型私人侦探社的丁部泰典却说出这种话。"之所以这么说，是因为我这个人生来还算擅长扎实调查，最怕发挥想象力反复假设。"

听他语气，感觉话里有话。他看似想说自己是一个从脚踏实地调查取证开始做起的人，对不负责任的推理游戏不感兴趣，所以别把自己跟这类人混为一谈。可能他本人也意识到了这点吧，赶紧补救似的说道："当然，接到双侣的委托之后，我一直在思考这个案件。不过老实说，我什么也没想到。尤其是凶手的犯罪动机，真是令我摸不着头脑。所以实在抱歉，今晚请允许我倾听各位的高见。说是作为补偿可能有点奇怪，不过我感觉自己掌握了丰富的案件资料，如果诸位有需要确认的地方，可以随时问我。这样如何？"

"原来如此。"双侣圆滑地报以微笑，"这么说，得请丁部先生以观察员的身份列席了。"

然而，不知何故，丁部的笑容让梢绘觉得似乎暗含深意。或许他本来就长了一张这样的脸吧，也可能是想保存实力在最后关头发表高见。就在梢绘胡思乱想时，丁部又不痛不痒地插了一句:"嗯,啊。不过,如果倾听各位的高见时我突然想到了什么,也请允许我适当地说几句,可以吗?"

"当然,欢迎。接下来,从哪位开始?"

"其实我也——"心理学者泉馆弓子一边举手,一边将架着二郎腿的双腿上下换了个位置。"对案件的全貌,目前还没形成一个像样的假设。当然,我想到了挺多。"她环视了一下四周后继续说道,"我担心自己的发言会变得漫无目的、东拉西扯,听者也容易似懂非懂心生不快,所以,可以让我先说一下吗?"

"当然可以。请您先说!"

"嗯。"弓子从烟盒中抽出一支烟,正要放到嘴边时,又突然停住了。她对着梢绘微微一笑:"可以抽烟吗?"

"请便!"

梢绘也回了一个笑容,但内心很抗拒,因为她受不了香烟的味道。每次同抽烟的人待在一起,回到家总感觉衣服从外到里都染上了烟味儿,心里很不舒服。但是,难得对方为自己抽出时间前来,怎能对人家挑三拣四呢。

弓子用打火机点着了烟,矢集亚李沙也趁机叼起一根细长的香烟。一旁的男士好似都不抽烟,两位女士吞云吐雾了一阵儿。

"关于这起案件,"弓子拢了一下波波头短发,缓缓吐出一口烟,"最让我好奇的是,凶手口羽公彦实施犯罪时竟然没有把脸遮住。"说完,她好像在等待大家琢磨自己的发言似的,稍稍停顿了一下,接着继续说道:"作为杀人案的案犯,尤其是连环杀人案的案犯,这种心理不能不说十分奇怪。"

梢绘感觉被击中了要害。果然如此,这么说来……当时默不作声袭向自己的少年面孔在脑海中浮现出来。他没有戴口罩一类的东西,甚至不曾用手遮一下脸。之前自己从来没想到过这点,被人指出后才开始觉得奇怪。他觉得被看到长相也无所谓吗,被抓到也无妨吗?可至少梢绘没有从少年身上感觉到这种自暴自弃。

"那么做也没什么奇怪吧,"凡河平太大师微笑着插了一句,"我明白你的意思。的确,正常情况下,凶手会戴口罩或墨镜遮住脸部,但以那种打扮出现在住宅区或民宅附近反倒让人觉得可疑。凶手也可能是防备这一点吧。"

"的确,您说的是。"大概是凡河谄笑而亲昵的态度让弓子无话可说了吧,她有些急躁地将香烟摁熄在了烟灰缸里,再次把双腿上下换了个位置。"这跟去度假的艺人戴墨镜比较相似,想要遮住脸部,反倒令自己更加显眼。从常识来看的确如此,但凶手本身会怎么想呢?只要没有足够的把握杀掉目标,他肯定不会去冒这种险吧。"

是的。凶手肯定不想暴露自己的长相。在这点上梢绘与弓子看法相同。

"事实上,口羽公彦在最后一个目标——是不是最后一个还有待确认——杀害一礼比小姐时失手,结果身份完全暴露了。我可能有些跑题,案件发生到现在的四年间,口羽公彦一直下落不明,我认为这是因为他已经死了。"

"为何这么想?"凡河问道。弓子没有立刻回答。接着两人像是试探对方似的沉默了。

"也就是说——"修多罗解围般地开口打破了沉默,"可能他已经在哪里自杀了……泉馆老师是这个意思对吧?被一礼比小姐看到了长相,身份暴露了,警察找到自己只是时间的问题,已经逃不掉了,所以他绝望了。您是这个意思,对吗?"

"难道不是吗?口羽公彦是在意识到这些问题之后自杀的,

不然一个人不可能躲这么久。但是呢，假设是这样，那他为何不从一开始就戴着口罩或墨镜行凶呢？"

"所以嘛，那是因为戴着口罩在住宅区转来转去会引起怀疑。他也想到这点了。我认为也仅仅是这样而已，或者也可能他从一开始就没那个打算。"凡河说道。

"你说他没有那个打算，"修多罗站起身，用茶壶往凡河的杯子里加满了红茶，"是什么意思？"

凡河答道："我的意思是他根本没打算遮住自己的脸。他不担心自己被人看见，或者杀不死目标。连环杀人时堂而皇之地露出自己的样貌，他完全没想过这样做伴随着多大的危险和不安。假设这名叫口羽公彦的少年陷入了常人无法理解的疯狂状态，因此犯下了一连串的罪行，这么想也没什么不合理的，对吧？"

但是，假设他是那种类型的杀人犯，根本不会自杀吧——梢绘猜测弓子会如此反驳凡河，没想到猜错了。至少当时她猜错了。

"嗯，也对。那……"弓子看似不想跟凡河争论下去，话没说完就停了下来，"可能吧。可能是这样吧，不过我觉得不是这样。听了一礼比小姐的证词后，我感觉口羽公彦对杀人这一行为有着强烈的执念。我不由得想，这是否证明杀人动机是出于类似憎恨的情感呢。"

"憎恨。"

大家不约而同地说出了这个词，那声音让梢绘不寒而栗。这是她最不愿去想的一种假设。有人恨自己恨得几乎杀掉自己，而自己却对此毫不知情。每次想到这种可能，梢绘都会陷入严重的焦虑之中。案件发生后的四年间，梢绘瘦了将近十公斤。

"那……"修多罗虽然有所顾忌，但显然难以接受这种说法,"是憎恨被害者吗?"

"坦白说,是的。正因为口羽公彦对被害者怀有强烈的情感,才敢在行凶时露出脸部。换种说法,遮住面部,被害者就不知道自己被谁所杀,口羽公彦不希望被害者在这种莫名其妙的状态下死掉。自己被一个叫口羽公彦的人所杀,他希望被害者濒死时能够细细地品味这一事实。暂且不谈这种情感能否称为憎恨,但我能感觉到凶手这种强烈的执念。"

可是,可是,我今晚才初次听到口羽公彦这个名字啊。按理说,那孩子完全没可能恨我或对我怀有强烈情感呀……梢绘对弓子的猜想有些不满。但弓子不理会她,继续说了下去。

"不过呢。照这个想法推理下去,会产生一个致命的矛盾。各位,想必你们都还记得,口羽公彦的手册上可以看到一条至关重要的信息,不是别的,正是关于第三个被害者寸八寸义文的。"

"你是说那句'老头子如果秃顶怎么办'。"亚李沙满面笑容,近乎扬扬得意地说,同时用夹在手指间的香烟在空中画了个圈。"是那一部分吧?可能是写错了,有三个字被涂黑的那一部分。"

"正是。他想表明这一连串的事件是他所为,最初他似乎考虑过将被害人的手指或耳垂切下作为证据这种极端的方法,不过后来选择了将被害人的毛发送给媒体。由于他本人要求这四起案件在行凶时要具备统一性,所以这个步骤应该在第一起案件发生之前就确定下来了。可就在这时,他开始担心——如果第三个袭击目标寸八寸先生秃顶怎么办?"

"听你这话,好像口羽公彦完全不认识被害人,从没见过也从没遇到过似的。"

"当然,以前不秃顶,但随着年龄的增长头发越来越稀疏,凶手因此而担心,这种可能性也不是没有。"弓子说这话时,明显流露出对凡河的不耐烦,"口羽公彦之所以会在手册上写这些,难道不是因为他从未见过也未遇到过寸八寸义文先生这个人吗?至少我是这么想的。不过,如果真是这样,那他会对一个连长相都不太清楚的人怀有刚刚提到的那种强烈的杀意吗?不得不说这是一个很大的疑问。"

"泉馆老师是说——口羽公彦杀害寸八寸义文先生只是为了掩人耳目,是为了掩饰真正的目标,对吗?是这个意思吧?"

弓子点了点头,勉强挤出一个苦笑。不管弓子说什么,凡河都要插嘴,梢绘明显感觉到弓子对凡河的厌烦。的确挺烦人。仔细观察会发现凡河的视线一直停留在弓子身上,几乎没有落到过其他地方。弓子那么漂亮,上了年纪的男人希望年轻女子搭理自己的心理也不是不能理解,但如果站在弓子的立场上,自己也会和弓子一样感到厌烦吧。身为旁观者,与其说眼前的情景令人不快,倒不如说凡河的自作多情显得格外可怜。

"警方进行了彻底的调查,但没有发现被害人之间存在任何联系。他们生前互不相识。"仿佛重新整理好了心情似的,弓子又点燃了一支烟,"是这样吧,一礼比小姐。"

"是的。"

梢绘点了点头。当然是这样。无论是架谷耕次郎、石头仓美乡,还是寸八寸文义,案发前自己从未见过他们,连名字都没听过。梢绘可以肯定地说,如果不是被卷进这桩麻烦事里,自己一辈子都不会和他们产生交集。

"至少我和其他被害人没有任何瓜葛。一点都没有。"

"但是,这无疑是同一凶手犯下的杀伤案,既然这样——"修多罗用咖啡壶往自己的杯子里续了杯咖啡,"可以推想四名被害人之间存在某些看不到的共同点。这就是推理小说中'Missing Link'类的作品吧。"

"Missing Link？"梢绘重复了一遍这个听不习惯的词，反问道。

修多罗一下来劲儿了。"也就是'丢失的环节'之意，简单说来，就像这个案件似的，明显是同一个凶手犯下的连续杀人案件，被害人之间的关系却如同谜一样无法搞清，指的就是以此为重点的小说。"

原来如此。梢绘明白了——有人认为被害人之间有何联系与犯罪动机密切相关，可虽说如此，又都没有把握，他们不过是凭着个人感觉说说而已。梢绘觉得这么形容这次案件可能比较恰当。

"说起以 Missing Link 为主题的古典推理小说，就会想起约翰·罗德的《普拉德街谋杀案》。其他名著还有埃勒里·奎因的《九尾怪猫》，以及横沟正史的《恶魔的彩球歌》等吧。"修多罗果然擅长本格推理，一讲起自己的专业领域，他的表情都生动起来。"根据叙事风格可以将这类推理作品分为两类，一类就是刚刚提到的那种，所有被害人之间存在某种被隐蔽起来的共同点，另外一类就是凶手为了将真正的目标混入被害人中而大量杀人。不过根据目前为止的讨论，我感觉泉馆老师的看法似乎更倾向于后者。也就是说，口羽公彦并非对四名被害人都怀有杀意。您是这么认为的吧？"

"正是。至少就寸八寸义文先生而言，既然凶手连他的长相都不清楚，很难想象他会成为凶手明确的杀害对象。寸八寸义文先生被杀也只是凶手为了掩饰真实目的而实施的伪装吧。"

"原来如此。我明白了，老师。"凡河兴奋地说，"您的意思是口羽公彦真正的目标其实是一礼比小姐对吗?"

"坦白说是的。我感觉就是这样。"无法摆脱凡河的纠缠,弓子有些苦恼似地撇了下嘴,又立刻恢复了柔和的表情,"其中缘由就算我不细说,想必大家也都明白。从目前来看,只有她的案件可以确定口羽公彦在作案时没有遮住脸。"

"按照泉馆老师的说法,露脸作案就是他心存杀意的证明。换句话说,一礼比之外的被害人遇袭时,也就是在前三起案件中,口羽公彦可能用口罩或墨镜乔装打扮了。是这个意思吧?"

"假如杀前三名被害人时都做了伪装的话,那我的看法就是正确的。"

与对待凡河不同,弓子对修多罗要和气很多。在梢绘看来,无论在哪个方面,修多罗给人的第一印象都有些孩子气且靠不住,很难想象弓子会从他身上感受到男性的魅力。梢绘甚至想,弓子之所以对修多罗态度友好,或者只是为了衬托对凡河的不屑吧。

"如果是那样的话,口羽公彦等于把真正的目标放在了最后。当然,在前三次行凶时他不能失败,'正式出场'前必须做到万无一失。为此,他应该想要规避一切风险,确保在行凶时绝对不能露脸。顺便提一句,他是否因为发疯而杀人,这点姑且不说,但很难想象他会不在意自己被人看到。那——"

弓子稍稍停顿了一下。仔细观察不难发现,如梢绘刚刚猜测的那样,弓子这个论点是在反驳凡河的说法,也就是说,弓子并非出自本意地在嘲讽凡河。但是,弓子可能意识到不能中途岔开话题,于是继续淡然地说了下去。

"我个人觉得口羽公彦已经自杀了。至少这种可能性极高。因为面部被一礼比小姐看到了,他觉得自己已经完了。以此为前提推论的话，很难想象他会不在乎行凶失败被逮捕的可能性。因此，在袭击一礼比小姐之外的被害人时，他应该做了适当的装扮。"

"可是，就算有理由隐瞒真正的目标，他能为此杀害无关的人吗？"凡河似乎特别开心自己能提出这样的问题。"不管怎么说，口羽公彦当时才十六岁，不，准确说是十七岁，他还是一名高中生啊。"

"这与年龄没有关系吧，老师。"看得出弓子根本不想理睬凡河陈词滥调式的提问，于是修多罗代她反驳了凡河。"就算是小学生，杀人时也下得去手啊。"

"可那是三个人啊，你要知道。将三个完全无关的人杀掉，真是难以想象。"

的确不可能……如果在案发前，梢绘可能会赞同凡河的观点，但在实际经历过异常体验后，凡河这句话在她听来只是空喊口号。三人也好，五人也罢，杀人和人数无关，就算是从未见过的人，必要时也会杀掉。人就是这么一种生物。想想都觉得可怕，但这就是现实。

"你这么说，我就不明白了。"修多罗大概说出了梢绘的感受。"如果只是听到这个情况的话，大多数人的常见反应可能是'这种蠢货'，但常识未必正确。有时，无论多残忍的事人类都能做得出来，这就是人类啊。"

"你说得没错。我也明白这点。"尽管受到年轻人振振有词的反驳，但凡河一点都没生气，看样子依旧为自己能够指出各种疑问而高兴不已。"不过，这种情况下，真正的问题不是这个哟。大家好好想一想，如果大众知道了口羽公彦真正的目的是杀害一礼比小姐这名女性，那他会遇到什么麻烦事吗？会不会呢？"

在座的人一脸茫然。弓子也一个劲儿眨巴眼睛。

"听好了。假设被杀害的只有一礼比小姐一人，又找不到可靠的目击证人和物证。这种情况下，口羽公彦这名高中生有可能被怀疑到吗？会吗？"

"双侣，"丁部好像想起了什么似的询问自己的后辈，"关于这点你怎么想？反正只是假设，有没有将口羽和一礼比小姐联系起来的线索？"

"没有。"双侣随即答道，"就算一礼比小姐一人被杀，仅凭这点，也不可能怀疑到口羽公彦头上。"

也是啊。梢绘这么想。因为自己和那少年毫无瓜葛啊。不，可是……

可是，这么断定或许为时尚早。梢绘改变了想法。也可能只是自己一无所知，而口羽公彦早就对自己的情况了如指掌了。听着大家的谈话，那日的情景突然清晰地出现在脑海里。

梢绘想起口羽公彦那双逼近自己的眼睛，眼神里的确充满了恨意。梢绘觉得，那至少不是伪装后的袭击者，或无故杀人者该有的表情。虽然没有确凿的证据，但他对自己抱有近乎极端的杀意，梢绘从他身上感觉到了某种强烈的冲动。然而，说到为什么，她却毫无头绪。

如果目的是实施性暴力，那还能够理解。毕竟这太容易懂了，不至于烦恼困惑什么。可口羽公彦并未摆出这种架势，他就是想杀死自己，而且毫不犹豫。的确如此。其他三人不过是伪装而已，他真正的目标只有自己。自己差点儿被杀死，实际经历了之后，感觉这种想法很有说服力。梢绘开始觉得，这种想法固然有些危险，不过事实可能真的如此。但是，梢绘真正想知道的是事情发生的原因。

"或者，口羽公彦主观觉得——"弓子重振精神似的低声说道，"自己对一礼比小姐抱有如此强烈的杀意，一礼比小姐被杀后自己可能会因此遭到怀疑。他或许只是自以为是的这么小心提防吧。"

"但是，你有没有感觉到他对你如此憎恨呢？"

凡河转身朝向梢绘，毫不掩饰自己的得意。弓子多少还是提出了些建设性意见的，可凡河轻易否定她的主张，实在让人不爽。不过，梢绘对他的提问也不得不摇头否定。虽然恼火，也无计可施。即便是弓子，姑且不说她假定凶手杀其他三人是为了伪装这一说法是否正确，她好像还没想到口羽公彦的杀人动机究竟是什么。

"大家想想。不管怎么说，为了杀一个人先杀三个无关的人，这……也太极端了呀。"

凡河那天真无邪而又自鸣得意的语气令梢绘愈加恼火。一句"太极端"就能给这起事件下定论吗？这算什么讨论啊？这起事件本身就"太极端"呀。自己差点儿被杀掉，三个人被杀害了。这个老头子真的认清这个事实了吗？如果仅凭常识就能判断一切，那也没必要召开这种特别聚会了吧。

"果真如此吗？"这次替梢绘反驳凡河的又是年轻的修多罗。"也许基本情况确实像凡河先生所说的那样。不过话说回来，这起事件本身就很极端啊。四个看似毫不相关的男女被杀害或伤害，这是确定的事实，就算背后隐藏着某种极端的意图或想法也不奇怪，对吧？"

"那当然。"不知凡河头脑迟钝还是咋回事儿，无论反驳别人，还是被人反驳，他看起来都一样高兴。"这么说，修多罗你也赞成伪装的说法吧？"

"嗯，也可以这么说。只是，我不认为一礼比小姐是口羽公彦真正的目标。"

"哎哟。那照你看来，他真正想杀死的人是谁呢？"

"其实，我觉得他没有想杀掉特定的某个人。"

"啊！你说什么？"

就连凡河也一下惊住了。其他人都满脸愕然。

"杀谁都无所谓，四个被害人纯粹是随机挑选的。我是这么想的。因为对口羽公彦来说，连续行凶事件本身就是一场声势浩大的伪装活动。"

第四章　消

"抱歉，我可能说得太抽象。"修多罗厚从椅子里站了起来，夸张地张开双臂，仿佛一名舞台剧演员似的，开始在客厅里来回踱步。"我认为口羽公彦这么做的目的是想向自我证明自己的全知全能。换句话说，他想成为某种英雄。我的这种感觉比较强烈。当然，客观看来，他不是英雄，只是个怪物。没错，他想要成为一个怪物，成为他人眼中超越国家法律和人类道德的存在。他认为自己是一个拥有独特价值的特别人物，这种扭曲的优越感就是他一切罪行的源头。"

在某种意义上，梢绘被修多罗声音洪亮的演讲震撼了，她一下子目瞪口呆。原来如此，说得的确抽象，难怪他本人先招呼了一声。梢绘对此竟然有些莫名的欣赏。修多罗接着说道："为此，他写了剧本。一切按自己的计划推进，引出警察，然后成功逃脱。他压抑不住这份野心，便将计划付诸了实施。"

"请稍等一下。"矢集亚李沙苦笑着打断他的演讲，"不错，想通过扰乱社会，或者随意剥夺他人性命来证实自己的绝对伟大，这一设想本身相当不错，能感觉到凶手有种孩子气的武断，从某种意义上说也挺真实的。"

"对吧。可能比喻有些不当，感觉他就像现代日本版的拉斯柯尔尼科夫，因自我意识过剩而导致的凶杀案，这才是这起案件的真相吧。"

拉斯柯尔尼科夫是陀思妥耶夫斯基的小说《罪与罚》的主人公。这种程度的常识梢绘还是知道的。说实话，一听到这个名字，梢绘就觉得别扭。在梢绘的记忆中，拉斯柯尔尼科夫只是因为贪图金钱才杀死了高利贷者的妻子，与似乎纯粹杀意化身的口羽公彦毫无相似之处。不过，梢绘并没有认真通读过《罪与罚》，只是知道故事梗概而已。她立刻意识到，假如修多罗是在深刻理解这部作品的前提下才提出拉斯柯尔尼科夫这个名字的话，自己可能很难听懂他的假设。

"口羽公彦想要证明自己是个怪物，在他看来应该说是英雄，总之他想要证明这一点——不仅向自己证明，同时也向世人证明。他无法抑制这种可怕的冲动。修多罗，你想说的是这个意思，对吧？"

"正是，正是。"

"不过，为了证明自己，为什么非要选择杀人这么极端的方式不可呢？"

"这个得问他本人了。不，不是我在逃避问题。关于他为什么最后将杀人作为证明自己头脑和力量的手段，这个思考过程其他人根本无从知晓。我也绝非将错就错才这么说。唯一可以肯定的是，对人类而言，连他人的生命都可以随意操纵的感觉就如同甘美的麻醉剂，是可以激起人类内心的优越感的。一般来说，这种人认为自己比他人优秀，即使犯了普通人会受惩罚的错误，自己也会被特别赦免。陷入这种疯狂思维的人距离杀人只有一步之遥。关于这点，没必要再举出纳粹主义的例子，历史已经证明了。"

比起修多罗讲的内容本身，梢绘更喜欢他对待亚李沙的温和态度。无论年龄还是职业履历，身为晚辈的修多罗跟亚李沙讲话都像跟凡河讲话一样，会客气地使用敬语，给人感觉颇有教养，可说话的语气却又像对妹妹说话一样毫不拘礼。而亚李沙似乎也乐于接受他这种态度，看起来跟修多罗格外亲昵。那情形甚至让人猜测他们是情侣关系。

梢绘不清楚修多罗有无家室，不过印象中亚李沙应该已经带着孩子和孩子生父之外的男性结婚了。如果她和修多罗有那种意义上的亲密关系，这可就是出轨啊。不可能吧。梢绘悄悄耸了耸肩。而且，这两个人怎么看都不般配。当然，越是知性干练的女性越容易迷上那种融不进社会的渣男，这种情况并不稀奇，不过人家在公众面前一般都会装得互不相干。不对，等等。也可能是他俩预料到了大家的想法，故意反其道而行之呢。

毕竟两人都在创作推理小说。梢绘觉得即使他俩在现实生活中将计就计并在私下以此为乐，那也毫不稀奇。

"你的意思是口羽公彦放任自己膨胀的自我意识，越过了那条线是吗？"亚李沙双眸熠熠生辉，好似在挑逗修多罗，"那他专门把架谷耕次郎、矢头仓美乡、寸八寸义文以及在座的一礼比梢绘小姐这四个人选作牺牲品的原因是什么呢？他究竟是按什么标准选的呢？"

"随机选的。我刚刚也说了，把这四个人选作牺牲品纯属偶然。根据就是这四个人身上看不到任何共同之处。从中年医生到小学女生、无业孤寡老人，最后是在普通公司工作的白领女性。他的选择非常分散。我认为他是有意这么做的，他故意不分年龄性别不因人而异地挑选被害人。说到底，这可能也是一个佐证，证明口羽公彦因为有那种疯狂想法而偏执地认为自己超越了一切。也就是说，不管对方处于什么立场和环境，他都认为自己掌握着所有人的生杀大权。他陶醉于这样的假象之中。这种乍看上去荒唐随意的选择就是他这种心理的表现。"

"嗯——修多罗，你之所以这么说，是因为你不认为四个被害人是按照某种标准挑选的，对吧？"亚李沙意味深长地微微一笑，笑容甚至还带着些娇媚，"我明白了。呵呵，打断了你的话，抱歉。请继续吧！"

梢绘突然焦躁起来，甚至忘了直到刚才自己还像看综艺节目似的对眼前的一切充满了好奇。亚李沙究竟在想什么，梢绘特别在意这点。亚李沙说话的语气透露出她似乎对口羽公彦以什么标准挑选受害人有着自己的具体看法。而且，几乎可以判断这种看法与弄清口羽公彦的杀人动机直接相关。梢绘有些着急了，想尽快听到亚李沙的看法，但修多罗的发言似乎才刚刚开始，梢绘也只能暂时忍耐一下。

"是吗？我可以继续了对吧？话说回来，就是因为这个，口羽公彦随机挑选了和自己毫不相关，甚至素不相识的四名男女作牺牲品，而这不过是为了满足膨胀的自我意识。所以，一礼比小姐当然不会知道自己被一个叫口羽公彦的少年恨之入骨。"

修多罗在梢绘的面前站住，盯着她的脸，看样子想问她"明白了吗"。梢绘无奈地点了点头，尽管并不认同他的说法。

"这绝不是匪夷所思的想象。口羽公彦在学校的成绩虽不出众，但据说很聪明。他早在小学时就养成了阅读报纸类出版物的习惯，上初中时爱读文库本，好像经常与周围的大人谈论深奥难懂的文学作品，而且是自己主动的。尽管多少有些逞强，但也算相当早熟了。不过，也有可能是小孩故意装出一副哲学家、思想家的样子。"

修多罗从放在桌子上的大信封里抽出一沓纸,然后递给每人一张。纸上印着手写的文章,横线也被一并印了出来。看来文章原本是写在软皮抄之类的本子上的。

看到文章,梢绘不由倒吸一口凉气。这是自己见过的笔迹。没错,和那本学生手册上的笔迹相同,就是那个名叫口羽公彦的少年的字迹。纸上写着"什么才能让自己面对他人时产生优越感?是不幸",这个好像是标题,其后便是类似随笔的文章。下面这样写道:

是什么有效的武器,或是资本,能够让有些人在他人面前拥有毋庸置疑的优越感?坦白地说,是不幸。

不幸的人最划算,因为可以炫耀自己那无敌的不幸,即便默不作声也能得到同情。诸如父母离婚了,家人生病了,或是朋友自杀了,这些都能成为获得同情的理由。

不管哪种不幸,只要遭遇其中一种,就可以天下无敌,轻松获胜。看看周围便知,没有处于不幸中的人如何被人轻视,他们被批评不谙世事,被指责养尊处优,好似做了坏事一般,被人轻视。

相比之下,遭遇不幸的人则划算得很。仅凭不幸就可获得好似优于他人的实惠。最让人恼火的是,谁也无法指责他们借着不幸占便宜。尽管大家心知肚明。

没人会指出这一点。这倒也正常。如果有人想说那家伙靠不幸获利,肯定会被骂太过分,被指责毫无人性,被痛斥冷酷无情。

大家都怕这个。被世人打上无情的烙印比什么都让人恐惧。

但是，我不怕。

我无所畏惧。

事实就是事实。该说的话，我都会说，无论何时，无论多少次。

拥有不幸的你，一直在占便宜哟。

绝对如此。

我不允许你说没有。

话说回来，没有那份不幸，你就毫无价值。你明白吗？

你就是个废物。

看完，梢绘有些不寒而栗。字里行间透露着某种内心的扭曲，超出高中生水平的文笔又放大了这种无法言喻的恐惧。绝不是夸大其词，文章甚至透出着一种类似于妄念的邪恶。在座的其他人，即便没有像梢绘那样遭遇过口羽公彦的袭击，似乎也有同样的感觉，大家不约而同朝着手上那张纸皱起了眉头。

"这是在口羽公彦房间中发现的，文章写在软皮抄上。"修多罗估摸着大家都看完文章时又开始介绍，"这种类似日记或随笔的文章还有很多。我以写作为生，在我看来，这文笔相当不错，至少难以相信这些文章出自高中生之手。当然，这肯定是口羽公彦写的，已经确认过笔迹了。"

"原来如此，这样啊。所以——"亚李沙好像彻底明白了似的频频点头。当意识到大家的视线都集中在自己身上时，她赶紧摆了摆手。"啊，不好意思打断你了。请接着说！"

"没有的事。有话尽管说，别客气。"

"嗯。"亚李沙朝修多罗送上一个戏谑的眼神，"等会儿再说。"

"我挺好奇的,感觉在故弄玄虚呢。算了,先不说这个了。除此之外,还发现了很多意味深长的文章,内容都如实反映着口羽公彦的个性,从这个意义上来说,这篇文章中的'以不幸为资本加以炫耀'便是极好的例证。此外,我还有一件东西可以佐证,就是这个。"

修多罗将另外一份复印件发给大家。那上面用与方才同样的笔迹写着这样一篇文章。

都说老实人吃亏,的确如此。这话一点不假。拿学校来说,就是好学生吃亏。

做好学生很吃亏,可以说一点好处都没有。不迟到,遵守校规,却得不到任何人的肯定。别说被肯定了,还经常被嘲讽,说他们对老师阿谀奉承。

按理说,好学生应该得到老师的喜爱吧,事实却并非如此。原因很简单,因为根本没有老师喜欢好学生。只是大家都误以为老师喜欢好学生。

学校的老师绝对不会将好学生当作一般人来喜欢。老师仅仅是觉得好学生遵守校规不捣乱,不用自己费心,让自己感觉轻松而已。在老师眼里,好学生就好似透明人一般。

比如,透明人偶尔不小心做了坏事,老师们会大为震惊,格外生气。同样是违反校规,但对那些平时常做坏事的学生,老师们绝不会如此恼怒。越是平时行为端正的好学生,老师们就越发严厉地对待。

性格认真的学生受不了老师们的严厉。于是就忍着不做想做的事,规规矩矩,老老实实,努力不扰乱秩序。越是这种学生,越是得不到好处。

"不良少年",这个词可能已经不用了,不过老师们都喜欢不良少年。不管怎么看,他们都觉得不良少年更可爱。老师们会因此关注他们,训斥他们。但是,比起对待好学生的冷淡,对待他们的方式更像对待一个人。

　　作为老师,让班上最坏的学生拥护自己,这最能彰显身为老师的威严。统领全班,也因此变得轻而易举。

　　于老师而言,对好学生就算不理不睬,他们也会安分守己(大概率),索性就放任不管吧。好学生从老师那里能得到的关爱还不及不良少年的几分之一。

　　这算什么呀。搞什么嘛。

　　不划算,真的不划算。好学生为何要把自己搞得这么可怜?一味忍让,心里难受,却得不到他人的尊重和感谢。被无视还算好的,有时甚至还要被人鄙视。

　　"我没法像你一样认真。"那帮家伙大放厥词时的得意嘴脸真是无法形容。对那帮家伙来说,"认真"就是"无能"的同义词。他们其实想说自己既不傻也不无能。

　　开什么玩笑。那就试一下让所有"认真"的人都消失不见。真是这样的话,社会将无法运转。你们这种人也能过上正常的生活,难道不是因为被你们鄙视为"无能"的人的存在吗?这点你们难道不明白吗?

　　前阵子看杂志时,有篇文章让我特别恼火,那是对一个假扮艺术家的知识分子做的专访。他表面很谦虚,声称自己不配做一名工薪族,但其实想说"我比其他家伙更细腻更优秀"。

　　"每天在自家和公司之间往返那种循规蹈矩的生活,我这个人绝对受不了。"

他竟然这么说。

我真想杀了他。真的。

看样子，他想说的是，"没本事的人最多也就做个工薪族啥的""做了工薪族才发现自己有才华，从事自由职业也可以活得下去。"

开什么玩笑。你可能看不起普通的工薪族，称他们为"从属于公司，自我满足，没有自主性的人"，那有种就让他们全部从日本消失啊。看看接下来究竟会怎样。

无法像现在一样稳定生活的首先就是你。像你这样为所欲为地排放粪便一样的音乐，结果去勾引那些一心往上爬的愚蠢女艺人……

文章到这里突然中断，没有写完。口羽公彦字迹潦草，整张纸就像有无数个虫子在上面窜来跳去，一看便知是在情绪激动时草草写成。他声称想杀掉的那个文化人会是谁呢？文章里虽然没写，但感觉似乎是哪位歌手或音乐人。这篇文章同样文笔出众，从内容上看，其见解也可谓一针见血，甚至令成年人汗颜，但其根底似乎依然沉淀着某种扭曲的东西。

"也就是说，口羽公彦——"修多罗逐一确认着所有人的反应，一字一句地缓缓说道，"有着某种强迫症，认为自己比他人优秀得多，不对，自己必须比他人优秀很多。这显然是一种自卑的表现，证据便是他恬不知耻地把自己当作认真的好学生，固执地认为是自己而非他人一直忍着不做想做的事。他之所以喜欢把郁闷写进文章，并非因为习惯于这么整理思绪，而是因为他有种强烈的愿望，他希望通过书写确认自己拥有将各种复杂情感化作语言的能力，进而陶醉于自己的这种优秀之中。然而,尽管他很想认为自己与普通高中生不在一个层次,却在某个时刻发现事实并非如此。他膨胀的自我意识无法忍受理想与现实的落差,为了证明自己的优秀,被迫选择了杀人这种极端的方法。"

"假如是这样,"弓子想要沉默却又忍不住似的插嘴说道,"那口羽公彦杀人时为什么要露脸呢?根据修多罗先生的说法,他对四个被害人的感觉似乎没什么不同。这么说来,莫非口羽公彦不仅在袭击一礼比小姐时露了脸,在所有案件中其实都露了脸,您是这个意思吗?"

"关于这点,"修多罗似乎想说句问得好,于是搓着双手朝弓子走去,"正是这样,老师。我认为口羽公彦是露着脸行凶的。当然,所有案件中他都露了脸。但那不是因为他对被害人怀有恨意,而是为了自我满足。他想将自己身为超越者的容貌烙印在将死的被害人脑海里,以这种扭曲的方式满足自己的优越感。"

"喂喂。说得好像自己就在现场亲眼看到过似的。"

"我没看见,但我有这么想的依据。"对于凡河的讥讽,修多罗毫不在意,"诸位也知道,警察接到一礼比小姐的报警赶到现场时,有个男人正在福特公寓一楼的走廊里走来走去。"

"你是说籾山庆一?"

"没错。"修多罗指向亚李沙,动作像在表演,"他说听到一礼比小姐的惨叫后立刻从自己房间,也就是福特公寓的一〇二号房冲了出来。那我想向当事人确认一下,一礼比小姐,你发出惨叫求救时,口羽公彦还在案发现场一〇六号房内对吧?"

"是的,他还在。"梢绘还搞不明白,为什么在此时提起籾山庆一,"但他好像立刻就逃走了。我当时头部被击,意识模糊,他逃走时我其实没有亲眼看到。"

"假如口羽公彦是从一〇六号房的大门逃走的话,肯定会碰到走廊里的籾山庆一。福特公寓的大门在一〇一号房那侧,一〇六号房那侧是隔壁住宅楼的墙壁,两栋楼之间没有足够的空隙让人通过。因此,口羽公彦不可能从这边逃走。"

啊。梢绘总算猜到修多罗想说什么了。

"但籾山庆一说警察到达现场之前,自己没看到任何人,更别说口羽公彦了。双侣先生,是这样吧?"

"没错。"双侣似乎也明白了修多罗的意思,表情变得严肃起来,"他说一开始以为惨叫是从一〇三号房内传出的,所以先按了一〇三号房的门铃,按了好几次也没人回应。从窗口往房内望了望,不像有人的样子,便断定没人在房里。顺便说一句,籾山庆一好像不知道一〇三号房当时的住户刚搬走,房间是空的。籾山以为是自己搞错了惨叫传来的方向,又走向一〇一号房,并按下了门铃,但也没人应门。顺便一提,一〇一号房的住户名叫重住,已经确认那个时间段不在家里。"

"籾山庆一说自己一开始就没去看一〇四号房,因为他知道那是间空房。"

"没错。他说自己也曾想过如果惨叫不是从一〇三号房传出的话,那可能是从一〇四号房传出的。可一〇四号房没人住啊。他不知道一〇三号房的住户已经搬走,但他知道一〇四号房空着。他觉得惨叫不可能从一〇五号房传出,就以为自己搞错了方向,便去看了看一〇一号房,结果也不是一〇一号房。他不知如何是好,正在走廊里走来走去时,警察来了,籾山于是松了口气。籾山庆一的证词大概就是这样。"

"如果这份证词全部可信的话,口羽公彦从一〇六号房逃走时，是无法从公寓的大门出去的。是这样吧？当然，除了通往阳台的玻璃门之外，他无路可逃。"

"正是如此。实际上，警察到达时玻璃门是开着的。警方判断，口羽公彦是从那里逃走的。"

"但是，又有人提供了轻易可以推翻这一结论的证词，对吧？"

双侣点了点头。他的表情严肃起来，或许是在小心防备修多罗谴责警方的搜查失误吧。

福特公寓的阳台那侧是一栋民宅，中间隔着围墙和一个小院子，一位名叫衰地刀的老太太当时独自住在那栋民宅里。据说衰地刀自平时就常对熟人抱怨四层楼的租赁公寓——福特公寓。说什么自家旁边建了那么一栋公寓后采光都变差了，年轻住户多，乱丢垃圾，搞得附近的卫生情况眼瞅着恶化了，还说这个地段本来就不太好，公寓很冷清，每层楼都有很多空房，有啥必要专门建成四层楼呢。

由于积压了太多不满和敌意，说监视可能有点夸张，但她的确渐渐养成了平时偷窥福特公寓的习惯。案件发生的一九九七年十一月六日，衰地刀自晚上七点到九点那段时间在面朝福特公寓的房间里看书。从窗户隔着院子和围墙能看到梢绘所在的一〇六号房和隔壁一〇五号房的玻璃门。

"衰地女士的耳朵有些背，没有听到一礼比小姐的惨叫。但她在证词中说，她看书时没人从一〇六号房出来，如果有人从玻璃门出来的话，她肯定会注意到。"

"如果衰地女士说的是事实，那情况就变得蹊跷了。"或许很开心案情变得扑朔迷离吧，修多罗看上去有些沾沾自喜。"因为这样一来，口羽公彦既无法从一〇六号房走廊那侧的门逃离，也不能从阳台的玻璃门逃走。当然，他也没有藏在一〇六号房内。因为赶到现场的警察已经确认一〇六号房内只有一礼比小姐一人。这究竟是怎么回事？莫非口羽公彦变成一缕轻烟从现场消失了吗？"

"这无疑是起密室杀人案。"亚李沙发出不明所以的笑声，不知是在揶揄修多罗，还是在支持他。她突然又转向梢绘，像是要弥补刚才说的那句话一样说道："准确地说，应该是密室杀人未遂事件吧。"

梢绘当然也知道"密室杀人"一词，但她做梦也没想到与自己直接相关的案件竟然会和这种梦幻般的词语扯上关系。刚才提到的"Missing Link"一词也是，修多罗好像希望把一切都引向那个特殊世界似的。梢绘悄悄叹了口气，像凡河那样由于观点过于现实便忽略一切细节的思维让人无法接受，但像修多罗那样想一出是一出，也实在令人困扰啊。

"我们警方最终判断，是衰地刀自看漏了口羽公彦。"双侣淡然冷静地接了一句，与修多罗和亚李沙的态度形成了鲜明对比。"虽说她家与福特公寓之间有一堵不太高的围墙，但若是弯下腰从一〇六号房偷偷出来的话，沿着围墙逃走且不被衰地刀自看到也绝非不可能。"

"但是呢，双侣先生，如果是那样的话，"修多罗又一副演戏的架势，抱着双臂，猛地竖起了手指，"你说得好像口羽公彦害怕被邻近住户看到似的。在遭到一礼比小姐的意外反击后，他应该变得惊慌失措了，还有心思考虑这些吗？更何况他还把重要的学生手册丢在了原地呢。"

"说不定他没发现手册掉在了地上。"

"不可能，不可能。"修多罗朝着弓子像个孩子般猛摇头，眼睛瞪得大大的，"那是不可能的。绝对不可能。据一礼比小姐所言，她被勒着脖子拼死抵抗时，抓到了口羽公彦的身体，碰巧从他的口袋里扯出了那本手册。就在口羽公彦注意力分散的一瞬间，一礼比小姐抓住机会总算进行了反击。是这样吧？"

"嗯。是的。"梢绘一边回想着被口羽公彦勒住脖子时的每一个细节，一边谨慎地答道，"感觉的确如此。"

"对吧？"修多罗得意地环视在座的各位，"口羽公彦的确发现自己的学生手册从口袋中掉到了地上，可他甚至来不及捡起它，如果是别的东西倒也罢了，但那偏偏是本详细记录着他连续杀人计划的手册。虽说上面没有他的名字，但那可是他当时在读的浴永高中的学生手册啊。他之所以对这个能轻易暴露自己的重要物证置之不理，是因为一礼比小姐的反击给他造成了严重伤害吧。难以想象他这样从现场逃走时，还能顾忌是否会被旁边的住户看到。"

"那个，我可以说一句吗？"弓子用还未点燃的香烟前端指向修多罗，"我好像岔开了话题，但想顺便强调一下，口羽公彦放弃拿回学生手册这一事实也对我的推论，即他已经自杀的说法做了补充说明。可以这么想对吧？"

"嗯。没错。"修多罗一脸感激，大大方方地点了点头，"他当然知道一礼比小姐报警了。他不愿束手就擒，于是立刻从现场逃走了。被一礼比小姐看到了脸，还无法拿回手册，从那一刻起，对他来说自杀就已经是命中注定的选择了。事到如今还未发现他的遗体，从这点也可以察觉到他对自己那种超越者思想的执着，他不想死在普通百姓能找得到的地方。真的很有意思。不过，那个，你刚刚说什么来着？"

"密室杀人。"亚李沙面含微笑，"你最喜欢的。"

"啊啊，是的，没错。口羽公彦究竟是怎么逃离现场的？我不认为他是从阳台逃走的。"

"也就是说，修多罗先生你……"双侣抱起手臂沉思道，"假如口羽公彦是从福特公寓一〇六号房的阳台一侧逃走的，衰地刀自不可能看不到，你是想说这个吧？"

"是的，正是如此。"

"可是，他在玻璃门旁留下了大量的脚印啊。"

"那也不能断定他就是从阳台逃走的吧。现场的凌乱足迹只是他在遭到一礼比小姐反击后仓皇失措留下的。"

"那么，你认为口羽公彦到底是从哪里逃走的呢？"

"修多罗，"凡河不停地摇头，"莫非你在怀疑籾山庆一的证词？"

"不是。我认为籾山庆一多半没有撒谎。我刚刚也提了一下，这是本格推理小说中的所谓'密室'。只是，这里所说的密室并非很多作品中出现的那种凶手有意制造出来的密室，而是偶然之间形成的密室般的现场状态。"

"那你就将其中的玄机解释给我们听嘛，修多罗。"虽然依旧是逗弄般的语气，但亚李沙看上去兴致勃勃。"口羽公彦究竟怎样从现场像烟一般消失了呢？"

"他应该还是从一〇六号房的大门出去的。"

"什么？！果真是籾山说谎了？他其实看到了口羽公彦却谎称没看到，还是说他根本没有到走廊上？"

"不是不是。籾山庆一确实在福特公寓一楼的走廊上，他也没有说谎。但是，尽管如此他还是看漏了口羽公彦。"

"那怎么可能。口羽公彦身高是一米八以上对吧。他那么高大,怎么可能看漏呢?还是说……他难道有藏身之处?"

"正是。"

"啊?"

"是的,他有藏身之处。"

梢绘震惊了。不仅她,大家都大吃一惊。梢绘做梦也没想到还有这种魔法般的可能性,她开始认真倾听修多罗的意见了。

"好了吧。籾山庆一在听到一礼比小姐的惨叫后,立刻从自己的房间一〇二号房冲了出来。他一开始以为声音是从隔壁一〇三号房内传来的,但并非如此。之后又以为是一〇一号房,于是过去那边看了看。经过就是这样的。也就是说,当时籾山是背对着一〇六号房的,口羽公彦就是这时从一〇六号房出来的。"

"等一下。你的意思是籾山背对着一〇六号房,所以没看到逃到走廊上的口羽公彦,对吗?如果是这样,就算那时他躲过了籾山的视线,但很快也会被发现吧。"

"很简单啊。口羽公彦在籾山庆一发现他之前就迅速藏了起来。"

"那么,他藏在了哪里呢?"

"犯罪现场隔壁的房间。"修多罗没有回答亚李沙的提问,转向了双侣那边,"据说一〇五号房当时也空着对吧?"

"嗯……"双侣表情困惑,若有所思地嘴里咕哝着什么,但很快又来了精神似地开始说道,"不好意思。刚刚在说住在一旁的衰地刀自时也提到过,由于地段不太好,福特公寓当时住户并不多,就算偶有新住户搬来往往也住不久。因此,公寓里的住户好像经常更换。正因为如此，籾山庆一虽然知道一〇四号房的住户已经搬走，却没留意自己隔壁的一〇三号房何时也成了空房。案发时，一楼的一〇三号房、一〇四号房，以及一〇五号房三个房间都空着。"

"原来如此。那么，口羽公彦逃进这三个房间中的任何一间都不奇怪。只是由于位置的原因，他最有可能藏在犯罪现场隔壁的一〇五号房。"

梢绘一下没听懂修多罗的意思，愣住了，在想明白之后却哑口无言。不止她，包括亚李沙在内的几乎所有人都是类似的反应。

"也就是说，在籾山背对着一〇六号房时，口羽公彦迅速从一〇六号房出来，然后躲进了隔壁的空房一〇五号房里……你是这个意思吗？"

就算亚李沙明显表现出了嘲讽之意，修多罗也毫不在意，甚至还得意地点了点头。搞什么嘛。梢绘目瞪口呆，感觉自己认真倾听却被耍了。

"我先声明啊，这个从结果来看的所谓'密室'绝非口羽公彦故意制造的。就像我刚刚说的那样，他当时一心只想逃跑，毕竟他都把那本学生手册丢下不管了，根本没时间再特意去做什么。口羽公彦一门心思地从一〇六号房逃出后，没头没脑地冲进了一〇五号房藏了起来。那时碰巧籾山庆一正背对着一〇六号房，就这么形成了他从现场像烟一样消失的假象。也就是说，这一切纯属偶然。"

"那个，修多罗先生。"亚李沙似乎很困惑，连揶揄他的力气都没有了，"即便这个微妙的时间点能够成立，籾山庆一也不可能完全察觉不到身后有一个人吧。既然要飞快地开关两个房间的门，那也会发出很大声响吧——"

"所以嘛，口羽公彦冲到走廊上之后看到了籾山庆一，在开关门时就尽量没有发出声响呀。他开关门时一直按着门把手。"

这种过于机会主义的解释令梢绘很生气。一口咬定口羽公彦逃走时无暇顾及伪装的不是别人，正是修多罗。"打开一〇五号房门锁的声音也能消除吗？"关于这点，亚李沙或许觉得继续争辩非常愚蠢，一开始就没打算听他回答，接着问了另一个问题，"说到底，口羽公彦到底怎样打开了一〇五号房门呢？就算是空房，也应该上了锁吧。你要敢说是管理员碰巧忘了上锁，那可要被揍扁了。"

"当然不是。他是拿备用钥匙开的门。"

"口羽公彦怎么会有一〇五号房的备用钥匙呢？"

"提前准备好的。"

梢绘的头疼了起来。说来说去，翻来覆去。这状况变得真是什么可能性都有。修多罗不会是在闹着玩吧，梢绘当真怀疑起来。我可是想认认真真地再次思考案件的情况啊——梢绘偷偷望着双侣，眼底不知不觉升起了恨意。借助警察以外的人理清案件的头绪，这种想法的确挺好，不过人选明显有问题啊。但修多罗绝对不是在闹着玩，他在以自己的方式认真构建着逻辑。几分钟后，梢绘意识到了这点。

"不，这种说法不对。准确说来，口羽公彦提前，也就是在袭击一礼比小姐之前，就将一〇五号房的锁打开了，因为他考虑到了万一出现的意外。籾山庆一当然不会察觉房门的开关，因为那时锁已经被打开了，也就没发出开锁的声音。"

"可这是为什么？口羽公彦究竟为什么要提前打开案发现场隔壁房间的门锁呢？外人想要拿到备用钥匙可不是嘴上说说这

么容易的事呢。他不惜这么下功夫,到底是在为什么做准备呢?你说的意外又指什么?"

"在此,我又得回到我最初主张的观点,也就是口羽公彦的动机问题上面。为了证明自己是超越国家法律的特殊之人,他制订了杀人计划,随机挑选了四个与自己毫无关系、素不相识的人作为牺牲品。为了满足膨胀的自我意识,必须要将自己的脸牢牢印在被害人的脑海里,我说过这话,大家还记得吧?"

"大概记得。"

"但是呢,就像刚才说的那样,他敢露脸杀人,肯定做好了遭遇相应风险的心理准备。于是他假定了意外的发生,事先准备好了某种逃跑路线后再去行凶。从第一起案件到第三起案件他碰巧都顺利得手,没能用上这层保险。所以我们一直不知道他具体想要怎样逃跑。口羽公彦准备的'保险'第一次派上用场就是在袭击一礼比小姐意外遭到反击的时候。好在他事先打开了隔壁一○五号房的门锁,好不容易逃脱了警察的抓捕。"

"可他怎么搞到了一○五号房的钥匙呢?有这种能耐的话,那一礼比小姐房间的备用钥匙也能事先搞到,也就是说,他完全不必趁她进门时下手啊。"

"我无法一下说明白。有人住的房子和没人住的房子毕竟情况不同。"面对亚李沙的步步紧逼,修多罗举手挡了回去,"关于这点,我有间接证据,可以证明口羽公彦在策划连环杀人案之前事先用心做了准备。"

"什么证据?"

"空白期。"

"空白……期?"

"口羽公彦是在四年前的一九九七年二月十五日失踪的。可第一个牺牲者架谷耕次郎是在那年八月七日被杀的。这之间有大约半年的空白期。这个事实意味着什么？"

听到这种说法，周围的气氛明显凝重起来。看到从大家脸上透出的紧张与不安，梢绘不由得吓了一跳。

"别无其他。他的犯罪绝非一时冲动，而是事先做了周密的准备与冷酷无情的计划。"

第五章　化

"话说回来，在这儿我想先谈一下第一位被害人架谷耕次郎。"修多罗的个人演讲仍在继续，"架谷的遇害地点是在与妻子分居后独居的出租公寓中，也就是'浅黄公寓'八〇八号房。可是呢，除此之外，他还租了一套公寓。"

这个情况虽然没有被公开报道，但"恋谜会"的成员看过双侣提供的资料，所以都知道。当然，梢绘也很清楚。怎么现在又提起这个？在座的每个人都很纳闷。

"你是说'净穴公寓'吗？"双侣追问道，"那里也是租赁式的，架谷先生租的是五楼五〇五号房，两室一厅一厨房。不过，他本人似乎并不住在那里——"

"看情况，净穴公寓是架谷的一处隐秘居所。不好意思，可能说得太直白了，那里应该是他与女人幽会的地方吧。据公寓的其他住户和管理员说，五〇五号房当时似乎住着一个年轻女子，架谷经常出入。"大概口渴了吧，修多罗端起自己的杯子，一口喝光了杯中可能早已冷却的咖啡。"我为什么专门提起这个呢？大家或许已经明白了。案发后，警方正是在'净穴公寓'五〇五号房内发现了口羽公彦的牛仔裤和篮球鞋。"

警察在医院对梢绘进行了调查取证后，又重新清查了其他被害人的相关情况，结果发现了架谷耕次郎的那个所谓"隐秘居所"。在警察去调查之前，"净穴公寓"的管理员完全不知道公寓的一名租客被害了。因为五〇五号房的租赁合同是以别人的名义签下的，而架谷耕次郎的身份只是担保人。

"租房合同上，'净穴公寓'五〇五号房的住户是一个名叫'舍人浩美'的女性，而且说是预交了一年的房租。管理员说，开始的几个月住着一名单身女子，但不时有位中年男子前来过夜。看样子像是他包养的情人。"

"那么，那位常来过夜的中年男子就是架谷耕次郎吧。"凡河坐直了身体，"那个'净穴公寓'是一栋旧公寓楼吗？"

"不是。据说当时挺新，而且外观相当时尚。"

"那房租自然也很高啦。预先支付一年，那个叫架谷的人可真是有钱啊，对吧？"

"毕竟是做医生的，至少比我这种人有出息吧。加上他似乎相当谨慎，与房产中介的交涉包括签约手续好像都是他亲自办理的。听管理员说合同签完才过了几个月，那名年轻女子就不回来了。偶尔回来一下，也必定是同那名中年男子在一起，后来不知何时起，就只有那名年轻女子一人偶尔在'净穴公寓'露一下面了。"

"那是逐渐厌烦了当初迷倒自己的情人吧。"

"不对不对，不是那样的，老师，"修多罗苦笑着对凡河猛摇头，"其实，这个时候架谷想来也来不了了，因为他已经遇害了。'净穴公寓'的管理员没再看到那名中年男子的时间与架谷被害的时间刚好一致。管理员虽然知道一名叫架谷耕次郎的医生被害了，但完全没意识到被害人竟是那名出入五〇五号房的中年男子。他说，不久后，五〇五号房就无人进出了。管理员对此也没过问。他觉得反正是一对出轨男女租来私会的,就算暂时无人居住也无须在意,更何况房租已经预交了一年的。"

"严格来说,"双侣再次补充道,"架谷在一九九七年八月七日被害后,他的银行账号就被冻结了。由于无法自动划账,'净穴公寓'五〇五号房的水电煤气全都被停了。房子当时已经无法正常居住,那名年轻女子也就不再来了。"

"当然,管理员也发现了这点,但他觉得这房子不过是用来幽会的,就算停电停气也没什么大碍,不方便的话,他们自己也可以想办法嘛。管理员好似一直在冷眼旁观。"

梢绘听着听着就开始烦躁起来。架谷耕次郎的艳闻跟自己有什么关系,自己只想知道口羽公彦的行凶动机。今天来这里就是为了这个。谈话究竟何时才能回到正题上呢?修多罗好像察觉到她心中的不满,笑了一下后再度说了起来。

"言归正传。刚刚说到,从五〇五号房搜查出口羽公彦的遗留物品。据推测,他在杀害架谷后不知如何知道了'净穴公寓'的存在,大概是从被害人处抢来了房间的钥匙,便将其当作了自己的藏身之处。当然,以上这些情况,警方当然也早已料到,我就不必专门指出了。"

这个男人为何如此装腔作势?梢绘逐渐有些不耐烦了。不就是想说自己发现警方遗漏的疑点吗?大家已经知道了,你还是赶紧说说关键问题吧。梢绘在心里冷笑一声,也可能他根本谈不出什么关键问题吧。然而,修多罗接下来说的话着实将梢绘吓了一跳。

"没问题吧。警方为何没有注意到这点,确实不可思议。架谷耕次郎以'舍人浩美'的名义租下'净穴公寓'五〇五号房是从一九九七年三月一日开始的。大家不觉得日期有什么问题吗?"

啊。梢绘险些叫出了声。"难道……"她感觉自己猜到修多罗想说什么了。她怯生生地问了一句，这还是她第一次插话。"您是想说，这个日子就在口羽公彦刚刚失踪时？"

"正是。正是如此。"修多罗似乎对梢绘的反应很开心，顿时眉开眼笑，几乎是手舞足蹈，"正如你所言，一礼比小姐，你的感觉真敏锐。各位，听好了，就像我刚刚说过的，口羽公彦在实施连续无差别杀人罪行之前，需要精心准备。他之所以离家出走，正是为了这个。"

"可这也不至于非要离家出走啊！"亚李沙又点燃了一支烟，"就算不离开家人一个人生活，也可以进行大致的准备吧。"

"认为他选择离家出走既突然又武断，这也不是没道理。但是，那终究是成年人的思维啊。我们不能忘了，口羽公彦当时只是个十六岁的少年，被学校的功课和家人约束着，无法随心所欲地支配时间。他觉得自己的伟大计划永远也实施不了，于是果断决定离家出走。可以说，这是年轻人身上常见的性急啊。"

"也是啊。看看这篇作文就——"亚李沙拿起了修多罗刚刚发的那篇说什么好学生吃亏的文章，"很难想象他在学校里过得多愉快。可能平时就想好了，一旦有机会就立刻舍家人和学校而去。这种心情本身不难理解。不过呢，说起来容易做起来难。我也想说，大家都别忘了，他当时还是个十六岁的孩子。在离家出走到第一起案件发生之前的近半年时间里，口羽公彦究竟住在哪里？靠什么维持衣食住行呢？"

"猜不到吗？"

修多罗双手叉腰在原地站住，脸上的笑容意味深长。

"不会吧？"亚李沙沉默了许久，手指间的香烟有一半都化为了灰烬，接着低声自语道，"你是想说他不是在八月杀害架谷耕次郎之后，而是从一开始，也就是离家出走后立刻就潜伏在了'净穴公寓'的五〇五号房里，然后在那里为实施犯罪做着准备，对吗？"

"正是如此。"

"但这不可能啊。那套房子住着架谷耕次郎那位年轻的情人啊。至少在口羽公彦刚刚离家出走后她还住在那里。你不会想说也可能是那个女人默认一个少年在自己房间里住下吧？这不可能，绝不可能。就算她不介意，也无法想象架谷这个金主会同意。"

"谁知道呢。说不定正是架谷同意口羽公彦住进'净穴公寓'的。"

"稍等一下。你是说他们两个认识？"就连双侣好像也大吃一惊，"修多罗先生，再怎么说……我不是找借口，但我们认真调查过了。我可以肯定，我们已经核查了所有可能性，但是没有发现两人之间存在任何关系。"

"那是因为警方是以架谷耕次郎与口羽公彦存在关系为前提进行的调查。"

"欸？"

"换个角度想想，双侣先生。架谷与'舍人浩美'之间肯定存在关联，对吧？"

"是，那倒是……"

"那么，假设那个'舍人浩美'和口羽公彦是同一个人，会怎样呢？"

"不会吧……"

不只双侣，其他人好像也都惊呆了，但只有梢绘一个人对修多罗感到佩服。是啊，他的着眼点相当不错呢。梢绘对修多罗的印象改观了一些。

"我想或许真有这种意想不到的可能。以舍人浩美之名住在'净穴公寓'五〇五号房的那个人，她在租房合同上写的户籍和联系方式都是假的，这点已经查明了，对吧？于是我自然想到这个人的性别可能也是假的。'舍人浩美'其实不是女人，而是个男的。正是口羽公彦。"

"那不可能。"双侣好似冷静了些，声音也沉了下来，"因为有女士在座，我一直尽量避免提及这些。三月份签完合同后，五〇五号房旁边的住户曾多次听到疑似性交的声响。"

"这个我知道。据猜测，他们可能在玩 SM，当时动静很大，以至于有邻居担心可能发生了暴力事件，犹豫该不该报警。"

这种时候就应该毫不犹豫地立刻报警啊，梢绘心想。加上对修多罗说话时那种轻浮语气的不满，她此时愤懑不已。不想惹麻烦的明哲保身和优柔寡断有可能酿成意想不到的悲剧，若能想到这点，就该去报警啊。即便最后发现是自己搞错了，但此时若能笑着解决，那也没什么不好啊。

梢绘突然想起被口羽公彦袭击时的场景。那时如果再早一点……是的，如果自己在他闯进房间之前发出惨叫就好了。她忍不住懊恼起来，尽管那样做事态可能会呈现截然不同的情形。自己当时被吓傻了，没喊出声，最终默许了他的侵入。当然，就算在门口拼命尖叫，也不能保证会有人来救自己。

"但是，应该没有哪位邻居亲眼看到那所谓叫床声是在男女性交时发出来的吧？也有可能是男人之间办事时发出的声音吧。"

"这好像有点……究竟是怎么回事呢？"丁部从一旁插话，表情像是吞了块盐巴。"当然无法断定，但架谷耕次郎应该没有断袖的癖好吧。至少在我们的调查中，没有任何迹象表明他有这种爱好。传闻反倒都与事实相反呢——"

"是的。的确如此。听说架谷爱女人爱到发狂呢，所以当时正打算和妻子离婚。据说他喜欢身材高大、体形好的女人。可能因为自己只有一米五，身材矮小，所以才有这种逆反心理吧。对方身高得在一米六以上，必须体态丰满，他喜欢这种类型的。啊，刚好就像一礼比小姐这样的——"修多罗也意识到自己说漏嘴了，特意加了一句，"就像貌美的模特，架谷喜欢身材高挑的女人。"

亚李沙坐在椅子里默不作声，朝着修多罗的小腿用力踢了一脚。梢绘吓了一跳。修多罗躬了躬腰，强忍着没有叫出声，但被拖鞋尖直击要害，他看上去相当疼。梢绘一下忘了自己刚刚才生过气，再次燃起了看热闹的兴致，心想这两个人之间果然有猫腻。

梢绘暂时忍住不快，为了向大家表明自己没生气，她故意微笑着唱起了反调："修多罗先生，我也觉得这种想法太牵强了。一个对女人如此执着的男人，不可能对男性抱有性趣吧。"

"也是啊。"眼下亚李沙看似比梢绘还要气愤，"这个人也真是的，就喜欢什么一人分饰两角呀，搞错性别呀，那种诡计之类的特殊世界。可这种稀奇古怪的事情不可能发生在实际案件中啊。"

"你就会这么说，其实根本没搞明白。"

"真是荒谬。别胡闹了。"

"什么啊。我是说正经的。看来你真是不懂。人的兴趣嗜好只有自己，不对，可能连自己也不清楚。有些男人一直觉得自己没有这方面的嗜好，但突然因为某种机缘巧合和男人发生了性关系，尝试之后便欲罢不能，自己都觉得意外，这种事不是经常能听到吗？"

"哼。"亚李沙朝斜上方的修多罗瞪了一眼，那眼神连梢绘看了都会吓一跳，既妩媚又恐怖。"莫非，你也有过这种经历吗？"

"你、你、你、说什么蠢话？又不、不、不是在说这个。那、那、那个……"

"刚刚谈到了口羽公彦和'舍人浩美'是同一个人。"双侣冷静地把看似正在偏离轨道的话题拉了回来，"就算修多罗老师的想法是对的，可他也说不出架谷和口羽公彦是怎样认识的。我已经强调过多次，架谷生前和口羽公彦没有任何交集。考虑到架谷的职业，我猜口羽公彦可能去架谷所在的大学医院看过病，便围绕这点进行了重点调查。结果，他不仅没去大学附属医院看过病，甚至也没去探望过熟人。据认识他的人所说，他连附属医院那栋楼都没进过。"

"所以嘛，双侣先生，也不一定只在医院里才能遇见啊。"修多罗缩手缩脚地转向双侣，背对着亚李沙，"这世上可是有那种场所啊，专门为同样好那口的人寻找伙伴而设置的。他们是在那里认识的。"

"也就是所谓同性恋互相交流的场所吗？但他们为什么要去那种地方呢，是想体验一下与男人性交吗？"

"架谷是这么打算的吧。但口羽公彦的情况稍有不同，他从一开始就是为了找一位能给自己提供藏身之处的金主，才出入这类地方的。架谷就在此时被钓到了。口羽公彦是在一九九七年二月二十五日离家出走的。架谷在同年的三月一日签了租下'净穴公寓'五〇五号房的合同，开始正式租住这套房子。尽管其中多少有些运气的成分,但不到两周就找到了金主,由此可见口羽真是有本事啊。"

"但是,修多罗老师,这——"

"我有确凿的证据这么想哟。大家好好想想,假设架谷和名叫'舍人浩美'的女子是情人关系而且经常私会,那他为何专门在'净穴公寓'准备一套房子?没这个必要吧。架谷已经和妻子分居了,一个人住。如果只是为了和情人私会,把那个女人带到自己在'浅黄公寓'的房子里不就好了?"

是啊,确实如此。修多罗的着眼点令梢绘再次叹服。虽然自己无论如何都不会喜欢上这种类型的男人,但不得不承认他的很多看法都直击要害。

"当时正是他与妻子协议离婚的调停阶段,若被人发现自己又与其他女性有染,可能会对自己不利,说不定他是防备这点呢。也可以朝这个方向想想,分居本来就是因架谷的女性问题而起,现在又扯出了另外一个女人。所以,怎么能说想私会就将情人堂而皇之地带回自家去呢。"

"但是,那也说不定哟。"凡河往自己的杯子里望去,杯子似乎已经空了。"本来也没证据证明'净穴公寓'的房子只是为了私会才租的呀。或许只是名叫'舍人浩美'的女人自己住的呢。她经济窘迫,租不起房子,于是有男人以发生肉体关系为交换条件帮她租了房。如果这么想,架谷另租公寓就不足为奇了。"

这么说也不错,梢绘暗自为凡河的观点叫好。但修多罗似乎已经预料到会有这样的反驳,依旧是自信满满。

"非常遗憾,老师,这种说法不成立。"说着,他拿起茶壶向凡河走去,往凡河的杯中加入了红茶,"假设五〇五号房只是单纯供名叫'舍人浩美'的女子居住的话,那架谷在八月被杀害之后,她不可能还会在'净穴公寓'里出现。就像刚刚说过的那样,架谷死后,支付水电费的银行账户被冻结,煤气和电都停了。这种房子没法住人。假如名叫'舍人浩美'的女子真是一名经济困窘的'候鸟'①,那她不可能一直住在五〇五号房不肯离开,她应该赶紧找下一个金主,搬到别的地方才对啊。"

"就算要搬家,也不可能立刻搬走吧,更不可能立刻找到下一个金主。她来'净穴公寓'可能是在一点点收拾自己的行李呢。八月之后她还出现在公寓,说不定就是因为这个。"

"就算如此,在一礼比小姐遭遇袭击的十一月份,'舍人浩美'依然在'净穴公寓'进进出出,这一点怎么想都不正常。这说明对她来说,五〇五号房不是用来住的,只不过是一个类似藏身之处的活动据点罢了。不,正确说来,应该是对他来说。"

"是哦。"即便被后辈驳斥得体无完肤,凡河也没有表现出不悦,他由衷地点着头。

"是啊。可能确实像修多罗所说的那样。不管怎么说,在五〇五号房里发现了口羽公彦的遗留物品,这也是事实啊。"

"是的。正是这样,老师。架谷耕次郎没有必要为了与情人幽会而特意另租房子。但是——"修多罗压低了声音,似乎话里有话,"这仅限于对方是女性时。"

"你是说架谷之所以特意租下别的公寓,是因为他的情人是男性吗?"弓子好像怎么也接受不了这种说法,"所以他对世人的眼光多有顾忌?"

"的确,这个秘密如果被同事知道会有失体面,架谷是担心这个吧。不对,也可能是口羽公彦向架谷提出的要求,为了让

---

① 在日语中,"候鸟"也指到处谋生的人。

架谷以女性的名义租下'净穴公寓'的房子，为了让自己的行迹完全从世间消失，口羽公彦可能说了很多好话。嗯，这么说好像也说得通。口羽公彦用这种方式巧妙地确保了自己的秘密藏身处。事情的经过就是这样。"

不愧是推理作家，编织了一个相当棒的推理故事。梢绘由衷地敬佩。但是，他还是给人留下了一种纸上谈兵的印象。之所以这么说，是因为没有任何物证可以证明口羽公彦和"舍人浩美"是同一个人的说法。就在她小看修多罗时，对方又打出一张意想不到的牌。

"还有一点，我想这会让诸位大吃一惊。"修多罗恢复了原来的架势，小腿好像已经不疼了，他又动作浮夸地在客厅里踱来踱去。"其实我有能够证明'舍人浩美'就是口羽公彦的决定性证据。"

"欸？"

"这个假名字不是随便编造出来的，它是有确凿出处的。"

大家的反应似乎让修多罗心情大好，他几乎是蹦蹦跳跳着给大家又发了一份复印件。上面写着大概四十名男女的名字，一大长串。看来是份名单。

"请大家确认一下用马克笔标了记号的地方。"

梢绘照着他说的，将荧光笔标记过的地方从上往下看了一遍。复印件的抬头写着"浴永高中一年级C班"，往下面的标记处看去，发现了"口羽公彦"四个字。看来这是口羽公彦就读那所高中他所在班级的学生名单复印件。看到最后一处标记时，梢绘震惊了。那里清清楚楚写着"舍人治美"这个名字。

"这是……"亚李沙也无法掩饰自己的惊讶，"真的有个名叫舍人浩美的女生啊……而且还跟口羽公彦同一个班。"

"不不不。"修多罗看起来无比开心，笑眯眯地说，"不是这样的。"

"欸？你说什么？明明是这样——"

"那不是个女生。叫舍人浩美的是个男生。"

"啊。"梢绘不由得惊叫一声。她没想到"舍人浩美"竟然是个男的，一直以为那是女性的名字。

"没错，是个男孩子。浴永高中的学生名单是男女分开的，舍人浩美这个名字当然是记在男生一栏里。或许由于这个原因，警察漏掉了他。"

"正是如此。"双侣坦率地承认了，"我接受修多罗老师的批评，他拜托为今晚的聚会提前调查一下，在这之前，我们警方完全没有注意到这个名字。"

"那个，"弓子插话问道，似乎有些顾虑，"这的确是个重要发现，基本可以肯定口羽公彦就是'舍人浩美'。但是，我还有一点不太明白，那便是他在扮成女性时为何要借用男生名字，这是一种什么心理？如果从同班同学的名字里挑选的话，感觉从女生里挑选才符合常理啊。"

"那倒是。不过，难道……"梢绘将突然冒出的想法说出了口，"或者只是因为喜欢舍人浩美这个名字的读音之类的？"

"不不，其实他有相应的理由。"修多罗接二连三地抛出王牌，"我对泉馆老师的说法也很有兴趣，所以请人稍稍调查了一下，结果发现了一件耐人寻味的事。实际上，口羽公彦和这个名叫舍人浩美的男生关系相当不好。"

梢绘感觉自己脑子里好像有个齿轮在嘎吱嘎吱地大幅度转动。说白了，那是自己最想知道的事。梢绘直觉解开谜团的关键就在那里，但思绪突然混乱起来，之后就没办法好好思考了。她想问修多罗一些问题，却找不到合适的措辞，就这么错过了时机。

"呃？"凡河往上推了推眼镜，"你说他们关系不好？"

"虽说关系不好，但也没到打架的地步。事实似乎是口羽公彦单方面讨厌那个名叫舍人浩美的男生。"

"单方面？那舍人浩美是怎么想的？"

"他似乎根本没把口羽公彦放在眼里。很遗憾，口羽公彦因此对他敌意更深，就这样形成了恶性循环。在伪装成女性时选择同班同学的名字当作假名，这种心理您不觉得挺耐人寻味吗，泉馆老师？"

"是啊。"弓子点了点头，"他将被情人包养的年轻女性这一虚构人物，准确说来，就是口羽公彦本人，冠以'舍人浩美'的名字。可以肯定，他这是在委婉地表达对舍人浩美本人的恶意。"

"是的。这也关系到自己假扮的这个人。即使'净穴公寓'与附近住户对舍人浩美这个人评价不佳也毫不奇怪。不，不如说肯定会对'舍人浩美'印象不佳。但是，冠上这个名字，自己在这种环境里生活就不会感到任何不适了，于是口羽公彦一开始就选择了这个自己讨厌的名字。"

"可是，口羽公彦对这个名字不能置若罔闻呀。"修多罗还没说完凡河就插了进来，"世上竟然有让口羽公彦那么憎恨的人，这是为什么呢？"

"嗯。啊啊。"修多罗稍稍沉思了一下，随即摇着头说，"确实。我明白您想说什么了。但是老师，舍人浩美本人与这起案件毫无联系，关于这点，可以确定没有疑问。因为，他已经离开人世了。"

"咦，他去世了吗？"

"但他并不是被人杀害的，故事没那么吓人。舍人浩美是得病死的。好像在案件发生之前就已经死了。大概是一九九七年春天吧。"修多罗向双侣确认了一下，接着继续说道，"就是升入高二之前，还没等到新学期开始就去世了。从前一年的冬天开始，他就住进了医院。好像是得了脑瘤之类的病。"

"还那么年轻，真可惜。嗯，等等。"凡河突然拍手，"可能就是因为这个呢。"

"欸，你说什么？"

"口羽公彦不是讨厌那个名叫舍人浩美的男生嘛。是不是因为他生病了？虽然不清楚周围有多少人知道舍人浩美得了脑瘤，但班主任和同班同学应该都知道他在和病魔做斗争。当然，大家应该很同情他的不幸遭遇。"

"啊。原来如此。"弓子拿起修多罗刚才分发的复印件，瞪大了眼睛。她似乎相当佩服凡河能够发现这点，望向他的表情也难得那么友善。"因此口羽公彦无法忍受这件事，对吗？"

"原来如此，不愧是凡河老师。"修多罗不是在说客套话，而是惋惜自己没能发现这点，"的确如此。在口羽公彦看来，舍人浩美只是因为生病就得到了大家的关爱，实在可恨。他在心里想：这个家伙明明不如我，竟然因为自己的不幸占了便宜。"

没错，就是这样。梢绘发觉刚刚自己难以描述的事情被整理成了语言，不过，这种说法远未把握事件的全貌。不对，梢绘感觉距离真相只有一步之遥，但那一步却难以跨越。此时她有些急不可待了。

"把憎恶的人的名字用作伪装成女人时的假名，让人感觉恶意十足呢。"

"是啊。"修多罗似乎从弓子的肯定中得到了信心，非常谨慎地总结道，"总之，口羽公彦的同班同学中，有一个叫舍人浩美的学生，尽管他是个男生，但这个事实也不容忽视。这件事看起来绝非巧合。"

"原来如此……原来如此。"起初，丁部对修多罗十分不屑，毫不掩饰自己的满脸狐疑，但他此时似乎渐渐接受了修多罗的说法，双臂抱在胸前，频频点头。"刚开始我还以为你在胡扯八道呢。哎呀呀，修多罗老师，佩服佩服。口羽公彦勾搭上架谷耕次郎后确保了藏身之处，这点可以肯定。我刚刚想起'净穴公寓'的住户看到的'舍人浩美'身材相当高挑，大概在一米七到一米八之间。这么说来，好像也有住户说过一开始以为那是个男的。其实那可能就是穿上女装后的口羽公彦。"

那个少年身穿女装……呀，梢绘在心里想象了一下化着妆、戴着假发的口羽公彦。他面部轮廓柔和，穿上女装可能也挺像样，但梢绘还是觉得别扭。最大的问题还是他的身高吧，可也不是没有那么高大的女性。嗯，应该也有。

"肯定是这样。话说回来，虽然我们绕了一大圈，但也算回到结论上来了。"

修多罗走到桌子旁拿起自己的茶杯，但杯子已经空了。咖啡壶里也没有咖啡了。修多罗放弃了润喉，紧接着说道："口羽公彦就这样找到了藏身之处，为了实施自己那周到细致的连环无差别杀人计划，他开始认真准备。具体来说，就是选定被害人，并调查他们平时的行为举止。正如刚才所言，他完全没有打算通过变装来隐藏自己的相貌。不，为了让被害人明白他与被害人谁才是超越俗世的特别人物，他更加希望被害人临死时牢牢记住自己的模样。想要在满足扭曲心理的同时，顺利实施四起杀人计划，就得做好安全措施以备不时之需。不管哪一起案件，为了防止万一出现，他应该都采取了某种形式的保险措施，比如事先调查好逃跑路径。第一起到第三起案件，由于犯罪行为都进行得很顺利，没有用上保险措施。事情大概如此。"

"袭击一礼比小姐后，他遭到了意想不到的反击，失败后，他——"双侣站起来，从桌上拿起装有红茶的茶壶，他的杯子似乎也空了。"第一次使用了保险措施，你是这个意思对吧？"

"正是如此。"不知道这是不是他的口头禅，修多罗从一开始就反复使用这个词，"口羽公彦提前将一礼比小姐房间隔壁一〇五号房的门锁打开了。不清楚他如何拿到的备用钥匙，也许他偷走了前一个住户的备用钥匙吧，只要想拿到，还是有挺多办法。毕竟他花了半年时间准备这件事。他用这个备用钥匙提前做好了发生意外时逃进这个房子的准备。当然，对口羽公彦来说，这些保险措施最好用不上，但实际上他遭到了一礼比小姐的强烈反击，这么一来，他的精心准备完全没有白费。最后，口羽公彦像一股烟一样从密室之中消失不见了，正如刚才所言，这种情况完全是偶然所致，绝非有意为之。"

"但是，修多罗老师。"双侣刚刚离开了客厅一下，似乎是去添咖啡和红茶，不过此时又回到了自己座位上。"如果像你说的那样，就等于我们勘查现场时口羽公彦一直躲在隔壁的房间里。这种情况有可能发生吗？"

"这世上有太多意想不到的事。正所谓当局者迷。"

"那他是什么时候离开现场的？事件发生之后，'福特公寓'被封了，也应该有警察在那里看守。"

"也不是一直被封着吧。现场勘查结束后，看守现场的警察就离开了吧?毕竟不是杀人事件,只是起杀人未遂案罢了。难以想象警察会长期对那附近戒严。实际情况如何呢?"

"这个……嗯。"虽然不想细说,但双侣勉强承认了,"可能是那样吧。"

"我感觉你们多少有些大意了,毕竟做梦也不会想到,凶手竟然藏在旁边的房间里。"

"口羽公彦一直等到完全不会被人看到的时候,才悄悄地从一〇五号房逃走了。你是这个意思对吧?"双侣在将双臂抱在胸前,用戒备什么似的语气补充道,"照你的说法,严格来讲,有可能不是一〇五号房。反正就是'福特公寓'一〇三号房、一〇四号房和一〇五号房中的一间,对吗?"

"从常理来看,躲在案发现场隔壁一〇五号房的可能性最大。总之,从'福特公寓'逃走的口羽公彦,先逃回当时藏身的'净穴公寓'。也可能口羽公彦想等风头过后再去袭击一礼比小姐,不过他最终放弃了这个想法。"

"为何这么想?"

"基于他的犯罪动机。为了证明自己是超越国家法律和社会道德的特殊存在,口羽公彦才计划了连环无差别杀人案件。之前提到过拉斯柯尔尼科夫这个名字,口羽公彦同样也是由于内向性格的加剧导致观念产生了错乱。他虽然没有变成所谓的宅男或拒绝上学的孩子,但他仇视周围那些不能正确评价自己的人,并将这种怨念写成了文章,扭曲的自我因此愈加膨胀。社会对他的认知与他的自我认知间出现了落差,并且日益扩大。而且,这种落差变成了仅凭正常钻研和努力也难以弥补的鸿沟。用正大光明的手段已经无法超越别人,至少他本人这么认为。为了成全自己的优越感,只有无视现有的法律和道德。不,只有破坏才行。就这样,口羽公彦犯下了连环无差别杀人的罪行,他可能从一开始就没想过会失败。等实际失败的时候,他才意识到,自己已经没救了,失败意味着一切都完了。"

修多罗滔滔不绝,但他的解释依旧抽象难懂。总之,他似乎想说由于计划没能最终完成,留给口羽公彦的选择只有一个,那就是自寻死路。但梢绘不敢轻易苟同。

他会是那么干脆的人吗?当然,她也只是在遭到口羽公彦袭击时看到过他的脸,并未和他交谈过,因此无法判断他内心怎么想。可梢绘总觉得不对劲。在梢绘看来,那个少年给人的感觉反倒有些优柔寡断,或是性格怯懦。而且,无论他是什么性格,他应该也没有那种将失败的责任揽到自己身上的气度吧?他看上去更像将烂摊子丢给别人,随即彻底忘记的那种人。他不就是这种人吗?说什么自己的不幸都是社会造成的,那篇超级自恋的文章加深了梢绘对口羽公彦的不良印象。

"看来口羽公彦已经不在人世了。"弓子放下翘着的二郎腿,往前伸了下腰,"他已经在某个地方自杀了。没错。恐怕四年前就自杀了。没能成功杀掉一礼比小姐之后没多久就自杀了。"

梢绘感觉怪怪的。弓子的语气听上去好像在说口羽公彦要是没死就麻烦了。可就算口羽公彦现在还活着,弓子应该也没有什么好困扰的吧。还是说,她觉得一个策划了连环无差别杀人的男人至今未被逮捕,一想到他还活在某处就害怕得不行呢?

口羽公彦已经自杀了。弓子感觉这一结论就像自己的"功绩",想要好好保护它。想到这里,梢绘有点扫兴了。假设日后口羽公彦的遗体在哪里被人发现,并证明是自杀身亡时,那么"恋谜会"内部会为泉馆弓子老师这项"预见"之功记下一笔。梢绘感觉她之所以反复强调口羽公彦的自杀,就是为了保证这一点。

仔细想想，目前为止，泉馆弓子对这起案件并没有发表多少意见。当然，像修多罗那样喋喋不休也不一定就好，但公平地看，单单在今晚的聚会上，她的存在感真的很弱。她本人可能也意识到了这点，明白了自己的职业自豪感正面临着危机。

当然这种看法有些揣测过度了。但就梢绘来说，从此时起，泉馆弓子在她心中的形象就与以前不同了。说好听点，是比以前离得更近了，说难听点，就是发现了她的浅薄。

"当然是这样。"修多罗一如既往地、高兴地面朝着弓子，"口羽公彦没能完成自己交给自己的任务，作为惩罚，他将自己处死了。遗体之所以还未被人发现，是因为他自杀时专门选择了不易被人发现的方法和场所。虽然不清楚具体情况，但可能选择了进入富士树海等地方自杀吧。被人发现遗体等于向世界承认自己才智的失败，他那无限膨胀的自我意识根本无法容忍这一点。"

梢绘被修多罗自由奔放的讲述蛊惑了，她突然回过了神——等等。也就是说，这个推理小说家想说的是，口羽公彦想杀掉我，不是因为什么了不起的原因。不，那个少年策划连环无差别杀人虽然有他自己的动机，但他对一礼比梢绘并未怀有特殊的恨意。自己纯粹是被他随机挑中的。

这就算完事儿了吗……梢绘突然有些担心。是啊，目前为止她一直处在恐惧之中，有个素不相识的人憎恨自己，恨到几乎要杀死自己，没什么比这更让人恐惧的了。她一点也不希望这是真的。四年来，她的确一直这么祈祷。但是……

但是，有人说自己并没有被憎恨，只是差点儿成为无差别杀人的牺牲品。也就是说，纯粹是因为自己运气不好。假如这是事实，那又会产生另外一种心理阴影。梢绘不知道这究竟是愤怒还是恐惧，又或是别的什么感觉，但的确令人厌烦。特别烦人。

梢绘再次从记忆中调出口羽公彦那张脸。你是觉得杀谁都无所谓吗，还是只是随机选择了我？就算这样冲着他发问，也得不到回答。梢绘也觉得他的表情透露着杀意，因为他打算杀人，有这种表情也算正常。问题是，他究竟对自己有没有什么特别的想法。

可能真的是无差别杀人吧……梢绘也越来越这么觉得。不管她如何绞尽脑汁地回忆，也完全记不起案发之前与口羽公彦有过什么接触，这个事实让修多罗的说法具备了相当强的说服力。

谁都可以……谁都可以……我纯粹是运气不好……只是这样……但是……但是，自己真能把它当作事实来接受吗？梢绘完全没有信心。她预感到，四年来一直困扰自己的东西会变成另外一种全然不同的心理阴影继续困扰自己。被噩梦惊醒，害怕得无法入眠，这样的夜晚还会继续吧。一想到这些，梢绘就想哭。早知如此，自己就不拜托双侣这么做了。悔之晚矣。听到双侣犹豫着说出"那个"时，梢绘才回过神来。

"修多罗老师，其实还有一个情况您有所不知。"

"嗯？什么？"

"姑且不谈您推理的主要内容正确与否，有一点，明显与事实不符。"

"嗯。哪、哪一点呢，双侣先生？"

"就是杀害一礼比小姐失败后，口羽公彦从'福特公寓'逃走时是从一〇六号房门出去的这一点。"

"嗯,为什么呢?如果这个假说不成立,那就得证明少年是从阳台那侧的玻璃门逃走的。但没有出现可以证明这点的证据和证词啊——"

"确实,没有足以证明这点的任何物证。但根据现场情况判断,口羽公彦肯定是从阳台逃走的。因为——"双侣将手举到眼睛的位置,打断了修多罗,"如果少年是从一〇六号房门出来的话,那他肯定会碰到籾山庆一。但两人并未相遇,那不是因为口羽公彦藏进了哪间房,他并没有藏进空房间里。少年没有那样的绝技。"

"为什么,你怎么这么肯定呢?可能说他有备用钥匙这点有问题,但花时间调查一下的话,还是可以证实的。"

"不是钥匙的问题,修多罗老师。其实案件后,我们将一楼的三间空房都调查过了。一间不漏。"

"啊?"这时,一贯大大咧咧的修多罗也有些尴尬了,"调查过了?真的是在案发后立刻调查的吗,也就是在案发当天?"

"根据公寓旁边住户衰地刀自的证词,得知少年可能没有从阳台逃走,调查是在这之后进行的。严格说来,并不是案发当天。"

"这样说来,"修多罗趁机反击,"警察调查空房时,他已经逃走了。"

"很遗憾,不是这样的。因为如果修多罗先生的推理正确,口羽公彦至少在一〇五号房或别的空房里待了一天一夜以上,对吧?"

"这得看警察,那个,嗯……"修多罗的口齿开始不利索了,"这得看警察将公寓封锁了多长时间。"

"加上附近的现场勘查，至少到第三天的白天为止现场一直有警察看守。假设少年在空房间里躲了那么久，肯定得上厕所，离开前不可能不留一点痕迹。但是，从三间空房的积灰情况来看，完全没看到有人出入的迹象，也没有发现浴室和水管等设施被动过的痕迹。当然，每个房间都是如此。"

修多罗一声不吭了。他一直对自己的推理相当自信，但此时他的表情凝固了，一副哭笑不得的样子。"不。不过，原来如此。有意思。"凡河轻轻拍着手说了一句，修多罗的眼神也终于不再涣散了。

"暂且不提空房间的问题，修多罗，你的推理实在精彩。不管怎么说，指出口羽公彦与架谷耕次郎之间存在隐秘关系，这一着眼点相当不错，堪称卓见。"

"哪里哪里，得到老师的夸奖，真有些不好意思呢。"

修多罗的内心似乎特别强大，刚刚还有些沮丧呢，现在又变得满不在乎了。虽然被双侣敏锐地抓住了漏洞，但自己的推理并未被完全否定啊，他可能又开始积极地肯定自己了。

"嗯，那个，我的想法呢，在今晚的讨论会上，充其量只是抛砖引玉。哈哈哈。"

"不不，你的推理很厉害，修多罗。你的那个假说能让我顺势用一下吗？"

看来凡河有什么想法。他似乎被修多罗热情洋溢的演讲给激励了，显得斗志昂扬。

"啊。嗯，您请用。"

"其实，我的推理与你的推理在最关键的地方并不一致。"

"最关键的地方，您是指？"

"凶手。"

"欸？"

"今晚从一开始，诸位就认定口羽公彦是凶手，并以此前提展开了讨论。但是，这么想真的好吗？"

梢绘真的大吃一惊。她正闷闷不乐，以为就算讨厌也只能接受修多罗的假设了，以为今晚的聚会已经要结束了。可听到凡河的话，她的郁闷一下烟消云散了。当然，惊叹的不止她一个人，修多罗、亚李沙、弓子，还有丁部都瞪大了眼睛，皱起了眉头。

不对。有一个人十分冷静。至少在梢绘看来，只有双侣看上去冷静沉着，甚至有些不自然。

仔细地环视过周围的人之后，凡河语气沉重地说："我认为，真正的凶手其实不是名叫口羽公彦的少年，而是另有其人。"

第六章　替

"——虽说如此，但我并非怀疑一礼比小姐的证词，请大家不要误会！"凡河似乎注意到了梢绘的愕然，好像想赶紧擦掉写在黑板上的粉笔字一样胡乱摆着手。"我没想否定袭击你的犯人是口羽公彦这个事实。这点我必须先说清楚。"

那是当然。梢绘有些尴尬。她本来只是想知道口羽公彦袭击自己的原因。然而，遇袭这一关键问题本身却遭到了怀疑，梢绘一下不知道自己为什么要专门跑到这里来了。从刚才开始，对梢绘造成精神刺激的言论就此起彼伏，令她备受打击。梢绘感觉很疲惫，她甚至想要离开这里回家去。

"但是呢，"凡河暂时停住，用慢到让人不耐烦的速度环视了一下四周，接着说道，"架谷耕次郎，矢头仓美乡，还有寸八寸义文，一口咬定是口羽公彦杀了这三个人，真的合适吗？"

"好也罢不好也罢，老师，"结束了长篇独角戏的修多罗终于坐回了自己的椅子上，"如果袭击一礼比小姐的是口羽公彦，那杀害了其他三人的肯定也是他。从那本学生手册上的记录来看，四起案件明显出自同一凶手之手。"

"反过来说，只凭那本学生手册，就可以认定四起案件全部为口羽公彦所为吗？"

"这——对了对了。"刚坐下的修多罗又站了起来,"很抱歉打断了这么好的话题,不过老师,在正式宣布您的推理之前,能让大家先吃点东西垫一下肚子吗?您看,差不多——。"

"啊?"顺着修多罗手指的方向,凡河抬头看向墙上的挂钟,这时几乎所有人都看向了自己的手表。时间已经将近晚上八点,梢绘大吃一惊,到凡河家竟然已经快三个小时了。梢绘反复看了几遍手表,还是难以相信时间过了这么久。大概是东想西想搞到自己注意力分散了的缘故吧。

"哦哦,也是。接着还有矢集小姐的推理,看来今天要到挺晚了。那现在就先休息一下吧。拜托你了。"

"好的。那——"

修多罗迅速走出了客厅。梢绘以为他去打电话订外卖了,不过,他怎么不问问大家想吃什么呢?反正我也没有食欲,无所谓啦。她这么想着时突然发现客厅角落的台子上就放着一部电话机,差不多就在这时修多罗也回到了客厅,而且还推着一辆上面摆满食物的手推车。

"来吧,大家请用吧!今天是立食酒会的形式,烦请大家自己取餐。"

修多罗将盛满烤牛肉、意大利面等食物的大餐盘依次放到了餐桌上。大家各自用小碟盛取自己喜爱的食物,开始了自助式的晚餐。梢绘原本不打算吃什么,后来被现场的气氛感染,忍不住拿起了一块三明治。虽然还不觉得饿,但每一道菜看着都让人心情愉悦。

"嗯,好吃。"亚李沙也拿了一块三明治,一边豪爽地大口吃着,一边冲修多罗比了个OK的手势,"这个鸡肉三明治做得不错嘛。"

"喂，那是火鸡哟。这个时节少不了的。"

"哎，你呀。圣诞节早就结束了。就算记不清，也不能这么迷糊吧。不过，你这厨艺还是顶呱呱啊。"

"咦？"听到两人的对话，正准备往碟子里拿烤鸭的梢绘停住了手，"莫非……这些菜？"

"嗯，没错。"修多罗天真又自鸣得意地道，"是我做的。全部都是。"

梢绘的感动已经盖过了惊讶，本以为肯定是订的外卖呢。味道也好，外观也罢，连专业厨师都得甘拜下风。然而，除了梢绘之外，似乎所有人都没有什么特别的表示，大家不停地吃着食物，一副理所当然的样子。看来修多罗每次都会在"恋谜会"的聚会上一展厨艺。

"真的很好吃。"连味噌汤都做不好的梢绘佩服得五体投地，"你经常自己做饭吗？"

"基本上吧。我喜欢做饭。"

"您太太可真幸福啊！"

"哈哈哈，是嘛。下次请一礼比小姐亲口对她这么说。"从回答来看，他应该已经结婚了。梢绘还想再进一步问问，但他劝梢绘："喝点什么吧。也有葡萄酒。"梢绘错过了询问的时机。

"不了。我——"

梢绘慌忙拒绝。今晚实在不适合饮酒作乐。

"我也不喝了。"亚李沙用手掌盖住了自己的杯子，"接下来到我公布自己的推理了。要是喝醉了，话就说不清楚了。"

亚李沙在用餐之余，还问了依旧坐在位子上的凡河想吃什么，并利落地帮他取了食物。凡河并非走不了路，但腰腿似乎有些不便。说是对老前辈的关照也过得去，但不了解情况的人说不定会误以为他们是真正的父女。亚李沙的举止不失礼节又随和自然。望着这样的情景，梢绘不得不承认，与刚到这里时相比，现在自己对"恋谜会"成员的印象已经彻底改观了。

"是吗？我已经率先完成了任务，就让我多喝几杯吧。"

修多罗兴高采烈地往自己杯里倒上酒，依旧是刚才那副轻薄模样，凑到泉馆弓子跟前，硬要和她干杯。和抽烟的人一样，"恋谜会"中喝酒的人比例也不高，现在只有修多罗和弓子两个人在喝。

"那个，修多罗先生。"丁部似乎也擅长烹饪，与刚才相比，他的笑容更加爽朗坦率了，"你可能选错职业了。我这么说没有其他意思啊，因为你的厨艺这么棒。"

"真是这样呢。"弓子也趁机称赞了两句，"你就该去当大厨。"

"是吗？那我就从现在开始筹划新的人生吧。哎呀，我也太有才华了，连我自己都觉得可怕了。"

笑声此起彼伏。这些对话在旁人听来可能既无聊又无趣，但梢绘听着却倍感欣慰。可她突然又伤感起来，再次想到自己已经好多年没有享受过这种其乐融融的家庭氛围了。

四年前的十一月份之后，梢绘获得警察的许可搬离了"福特公寓"，之后回到父母身边住了一段时间。她并不愿意那样过。梢绘确实不想继续住在"福特公寓"，但她只想立刻搬到别的公寓去住。

不过父母不同意。这种反应也很自然。既然知道女儿遭到暴徒袭击差点儿被杀，还放任女儿再次独居才不正常。梢绘也知道，以自己当时的情况，暂时回到家人身边避难才合乎情理，于是顺从父母回了老家。但她很快就后悔了，因为同父母住在一起让人感到非常不自由。

父母对待梢绘的态度简直就是两个极端，时而与梢绘保持距离，好似害怕触碰到身上的肿块一样小心翼翼，时而又对她严格限制，连去家附近买点东西都不允许。梢绘觉得这也无可厚非。由于差点儿被杀，自己突然变得与众不同，冷不防出现在家人身边后，尽管大家都能体谅自己精神状态不太稳定，但他们却不知道该如何对待自己。不只双亲，梢绘的朋友似乎也是如此。不知不觉，她从前的朋友自动少了一大半。

案件发生之后，梢绘周围的世界发生了翻天覆地的变化。大家都变了。不，情况可能刚好相反。梢绘猜到，改变的不是周围人，而是梢绘自己。她已经不是从前的一礼比梢绘了，甚至可以说换了一个人。

总之，与他人接触令梢绘十分厌烦。其他人即便嘴上不提案件，但好奇心总会表露无遗。梢绘感觉像被人偷窥了心事一般，内心无法平静。和朋友减少来往，反倒更合梢绘的心意。

去年夏天，梢绘判断此事的热度已经彻底过去，终于从父母家搬了出来。父母不太乐意，但她态度强硬地搬了家，重新开始了独居生活。新家位于一栋十层楼的出租公寓内，只有从顶楼的房间兀自眺望风景那一刻，梢绘才能感到心安。不，在凝视脚下的地面时，她突然会产生被拖近地面的感觉，而且经常产生纵身跳下的冲动，这样的自己让她感到恐惧。然而，不管怎么说，工作之外的时间，能安静独处是再好不过的了。

梢绘和父母以及朋友之间，已经无法再建立起原来那样的正常关系了。她自己也做不到。因为她丧失了平稳度日的资格。一切都以那起案件为界……都怪那个少年。

梢绘心中再次涌起对口羽公彦的憎恨，但这终究只是白费力气。回想起来，这四年，自己仅仅执着于弄清口羽公彦杀害自己的动机。可自己最终究竟想要什么？梢绘猛然意识到，自己已经脱离现实很远很远，曾经的宁静生活仿佛就在遥远地平线的另一端。

已经回不去了，彻底回不去了。梢绘永远也回不到自己曾经的人生了。

"那个……"不经意间，泪水涌上眼眶，梢绘赶忙向修多罗搭话，"我还想喝点酒，可以给我一杯吗？"

案发至今，梢绘也不是没有借助酒精逃避过现实，但今晚她第一次意识到自己的脆弱。除去为了治疗头部伤口住院那几天，梢绘没有休假，一直坚持着工作。她凭着自己的体力、精力完成了属于自己的工作，也正是这份自负支撑了梢绘四年。面对"恋谜会"的温馨祥和，她彻底撑不住了。她没有自信在不喝酒的状态下也能保持平常心。

"来。请用请用。"修多罗心情大好。"红酒可以吗？也有白葡萄酒。"

"嗯，不好意思。可以的话，我更想喝点葡萄酒以外的东西。"

梢绘并不讨厌葡萄酒，其实还挺喜欢。但可能是葡萄酒口感太好的缘故吧，梢绘会忍不住喝多，经常醉得难受。同样的道理，日本酒和浇酒也不能多喝。啤酒只喝半杯还好，一喝多就会有饱腹感，进而难受起来。当然，如果是平时，梢绘不会介意喝多喝少，什么都喝，但今晚实在不想冒险在众人面前丢脸，绝对不行。不能让自己继续伤感下去，来点小口小口喝的东西就好了。

"那么，"面对梢绘颇为具体的要求，修多罗为难地挠挠头，"来点威士忌吗？兑水还是加冰？"

"你准备了威士忌吗？"亚李沙问道。

"嗯嗯，准备了。"

"对了。白兰地可以的话也有白兰地哦。"亚李沙冷不防插的一句让修多罗有些狼狈，凡河及时帮他解了围，"在书房里。年末时一位编辑送来的。"

"欸？那是个新人吧，他不知道老师您不能喝酒吗？"

"我还是工薪族时，曾经在一次应酬的酒局上出过丑。后来我把这事写成了一篇有趣又搞笑的随笔。那个人似乎是看了这篇文章，误以为我能喝酒吧。"

就这样，梢绘品起了意想不到的高级白兰地。凡河家没有白兰地酒杯，白兰地被倒在了红酒杯里。这样喝也挺好，不过，无论是白兰地散发出的仿佛艳丽花瓣绽放时的芬芳，还是那温和醇厚的口感，都让她担心自己又会喝多，一丝不安掠过心头。这酒真是绝了。

"那个，"梢绘不好意思一人独享美酒，她朝着双侣劝道，"尝一尝吧！这酒的气味和口感都很棒。"

"不了，我今晚——"双侣拒绝道。

"今晚不喝什么时候喝。你今天不当班吧？"被丁部这么一嘲弄，双侣微笑着说，"那就来点儿吧。"

吃完饭后，众人又等待修多罗收拾好了餐具。因此，案件讨论会再次开始时已将近晚上十点半了。梢绘想去帮帮独自清洗餐具的修多罗，却被亚李沙阻止了。

"别去别去。有人帮忙他反倒更慢。"

"为什么？"

"因为他老担心污渍没有被清洗干净，会把别人洗过的再洗一遍。"

"啊?"双侣眨了眨眼,似乎也是头回听说,"真想不到。啊,不,这么说太失礼了。"

"完全不会。一点不失礼。别看他这样,其实相当神经质。"

在梢绘看来,修多罗随性又豪爽,不像在意细节的人。他竟然这样。梢绘再次体会到什么叫人不可貌相。

在等待修多罗的时间里,梢绘去了一下化妆室,顺便偷偷看了一眼凡河家的厕所和浴室,都打扫得很干净,特别整洁,但依然看不出有其他家人生活在这里的样子。这位老前辈似乎是独自一人住在这栋宽敞的宅子里。凡河的腰腿不便,打扫卫生之类的家事大概是雇人做的吧。

"——接下来,有件事我想在这里说清楚。"等修多罗返回客厅,凡河再度开始发言,"一礼比小姐的案子暂且不谈,其他几起,也就是架谷耕次郎、矢头仓美乡、寸八寸义文的案件,口羽公彦在这几位的被害现场并没有留下证据,对吧,例如检测出口羽公彦的指纹等?"

"在第一起到第三起案件中,案发现场周围确实没有检测出属于凶手的指纹。"双侣好像再次意识到在座所有人中,只有自己是现役警察,他再度恢复公务性的谨慎口吻,"除了被害人脖子上勒着的塑料绳外,没有其他遗留物品。只是在架谷和寸八寸的案发现场还留下了鞋印。那是口羽公彦的篮球鞋鞋印。我认为这是非常有力的物证。"

"那可越来越蹊跷了。也是,篮球鞋是口羽公彦的鞋,他的家人也确认过这点。但是鞋子这种东西,你也知道,不管谁穿都会留下同样的痕迹,对吧?而且,把这么明显的证据专门留在藏身之处的净穴公寓中,你不觉得奇怪吗?我总感觉太刻意了。"

是啊。早该预料到会有人怀疑脚印是伪装出来的呀，梢绘不禁苦笑。毕竟这里聚集了三位推理作家。

"修多罗和泉馆老师都认为口羽公彦已经不在人世了，对吧？也是，我也有同感。但是，这样就可以推定他自杀了吗？也有可能是他杀呢，不是吗？"

"您是说他被人杀了？"在对自己的假说被否定感到不快之前，弓子好像更为不解。"那究竟是谁杀的呢？"

"当然是被这一连串案件的真凶啊。"

"凶手如果不是口羽公彦的话——"弓子也往自己的红酒杯里倒了一些梢绘和双侣刚才喝的白兰地，"您说到底谁才是真正的凶手呢？"

"这点我还不清楚——在今晚的聚会开始之前，因为只能这么回答，所以我放弃了猜测。但听了修多罗刚才的推理，我突然想到了一种可能，当然和真凶是谁有关。但请允许我稍后再说。"

凡河吧嗒吧嗒地吃着作为饭后甜点的蛋糕，表情严肃，颇有些故弄玄虚的意味。顺便一提，蛋糕是修多罗在自家烤好带过来的。他真是个勤快的男人！

"不过，口羽公彦为何要在那本学生手册上写下如此详细的无差别杀人计划呢？如果是带锁的日记本，那还说得过去，万一被人不小心看到了内容该怎么办呢？这也太危险了吧。而且还偏偏在犯案时带着这种东西，怎么想都觉得不合常理。"

"从刚才修多罗老师分发的复印件中可以看出，口羽公彦习惯于在软抄本上做各种笔记，整理自己的想法，他的家人和朋友也都证明了这点。"双侣本人似乎也有相同的习惯，他把自己的膝盖当桌子，一边在复印件反面写着什么，一边说，"尤其是学生手册的尺寸很小，携带方便，口羽好像特别宝贝它，基本是走哪儿带哪儿，犯案时不小心也带在了身上。事情也就这么简单吧？"

"的确如此。他确实有这种习惯。但反过来说，真凶难道不是利用了他一直带着学生手册的习惯吗？本人是这么想的。"

"您是说他被利用了？"

"从结论来说，因为真凶设下的巧妙陷阱，口羽公彦被陷害成了一系列无差别杀人案件的凶手。"

"但是，老师，"修多罗来回看着凡河和双侣，"那本手册上的字迹毫无疑问是口羽公彦本人的，这一点应该有鉴定结果了吧。"

"当然，手册上的笔记的确是口羽公彦本人亲笔写下的。我不是要否定这点，但也不能因此就说他是凶手啊。大家听好了，那本学生手册里有一处非常不自然的地方。"

"您是指写着本人姓名和联系方式的那一页被撕掉了吗？"

"不对，那点反倒自然。从染指犯罪者的心理考虑，他们必然要隐藏自己。就像刚才所说的那样，正因为这手册太重要了，他不确定何时会被人偷看到里面的内容，所以才特意撕掉了那页。"

那么，他是想说口羽公彦就是凶手吗？梢绘一下搞不清楚了，但凡河所说的"染指犯罪"似乎仅仅指梢绘被袭这一事实，梢绘如此推测。杀害其他三人的凶手另有其人，他好像想强调这一点。

"那不自然的地方是指哪里呢？"

"你没看出来吗，修多罗？是写法。"

"写法？"

"从架谷耕次郎开始,口羽公彦将被害人的姓名住址分别记在一页纸上,也就是手册右边的那页。由于左侧那页空着,严格说来,他是用两页纸记录一个人的信息。讲到这里你们明白了吗?"

"啊,原来如此。"弓子准备点烟的手停住了,她略显冒失地激动起来,"这么说来,只有最后一个一礼比小姐的名字写法不同呢。"

"正是如此,老师。"凡河好似对弓子表现出来的敏锐洞察力非常开心,不由得笑逐颜开,"和其他三人不同,只有一礼比梢绘小姐的名字写在手册左侧的纸上,右侧那页则记着杀人的步骤以及把犯罪声明寄给媒体后的感想等。为什么只有一礼比小姐的信息写得这么突兀呢?这不是很不自然吗?"

真的哦。梢绘也不得不承认的确如此。不过,突兀的写法,这个说法真不错。

"每个人都有自己记笔记的习惯,这是无意识之中形成的,因此只要是本人自愿写下的,肯定不会出现这种不合习惯的情况,对吧?假设那些记录都是口羽公彦所写,一礼比小姐的名字和住址必定写在记录杀人步骤以及寄给媒体犯罪声明后自己的感想那页,而杀人步骤则会写在下一面纸的右侧。没错吧?肯定是这种写法吧。"

梢绘闻言心生敬佩。和刚见面时比,梢绘对这位老前辈的印象有了不小的改观。尽管他也不是自己喜欢的类型,但他的着眼点确实敏锐。若被偏见所束缚,很可能会漏掉关键点,梢绘稍稍调整了下心态,端正了坐姿。

"也就是说,只有一礼比小姐的信息是后来有人模仿口羽公彦的笔迹添上去的——不可以这样想吗?"

"不，老师。这是不可能的。毕竟鉴定结果——"

"确实，"丁部打断修多罗，"鉴定结果是说写在手册里的全部都是口羽公彦的字迹。但是，假设只有一部分仿写的字迹混在其中的话，也很难识破吧。"

说丁部阿谀奉承有些夸张，但与其他人相比，他似乎更倾向于支持凡河。这可能是一种错觉，但梢绘确实这么觉得。

"也就是说，"凡河满意地点了点头，"有关一礼比小姐的信息是别人所写这一假设也并非没有道理。实际上，看过手册内容的复印件后，总觉得唯独有问题的那页笔迹和其他记录不同，看上去笔法生硬。"

那只是因为你主观这么认为吧？梢绘期待有人突然这么吐槽一句，但大家可能都对凡河有顾忌，谁都没说话。她也姑且选择了沉默。

"综合各方面考虑，本人认为只有一礼比小姐的名字不是口羽公彦写的，而是其他人添上去的。"

"你说的其他人就是真凶吧？"

"正是。"

"究竟是谁？你刚刚说听了我的话后想到了什么，你的意思是我在无意间说出了那个人的名字吗？"

修多罗着急得从椅子上站起了身。凡河敷衍他道："好了好了。这一点后面会详细说明。"刚开始时，梢绘还因反感他装模作样的态度而烦躁不安，但不知不觉她竟然津津有味地听起了故事，好像事不关己似的。意识到这点后，梢绘忍不住苦笑起来。凡河不愧是大师，口才之好不容小觑。

"在此之前，我们先理一下有关真凶的头绪。他首先——"

"也就是说,真凶是男性,对吗?"

"哎呀,是我说漏嘴了。算了,反正最后都会知道。没错,他利用了口羽公彦在整理思绪时记笔记、随身携带学生手册的习惯,萌生了将他塑造成连环无差别杀人案罪犯的想法。嗯,对了,真凶和口羽公彦都用他来称呼的话会搞混。那就把真凶叫作×吧。这个×花言巧语地说动了口羽公彦,让他主动在学生手册上写下了那些信息。"

"也就是说,"或许是本格推理作家之魂在燃烧,修多罗开始莫名地躁动起来。"的确是口羽公彦做的笔记,但他是被×操纵的,是吗?"

"没错,而且这是重点。少年在×的哄骗下,在那本手册上记下了笔记,我猜时间大概是一九九七年十月二日之后。"

"这么说,应该是在第三个被害人寸八寸先生被害之后,是吗?"双侣有些困惑,停下了摆弄圆珠笔的手,"可这又是为什么?"

"为了让少年记下这些笔记,×编造了一个很好的理由吧。具体来说,×可能是这么对口羽公彦说的吧——已经有架谷耕次郎、矢头仓美乡以及寸八寸义文三名无辜市民被杀害了,我们要不要试着推理一下这起连续无差别杀人事件的真相呢?"

"这么说,当然,"弓子用夹着香烟的那只手轻拍着自己的额头,"口羽公彦不知道×是连环杀人案的真凶。凡河老师您是以此为前提进行的假设,对吗?"

"正是这样。×用花言巧语操纵口羽公彦,谎称研究案件,哄骗他将被害人的名字和住所等详细信息写在了学生手册上。"

"但是,可能我记错了。"弓子来回看着丁部和双侣,"警察公布了三起杀人案是同一凶手所为吗?我不记得看到过这样的报道。"

"官方并未正式公布。"双侣这样答道,"尤其是关于凶手将被害人毛发一起寄给媒体的犯罪声明,被作为保密事项下达了严格的封口令。不过,一连串的事件发生在同一区域,而且手法又极为相似,从类似传闻推测,凶手有可能为同一个人。市民间好像有这样的传闻。"

"原来如此。那么×以三起杀人案件出自同一人之手为前提,提出和口羽公彦一起推理也就不奇怪了。"

"正是如此。"凡河眯起大眼镜片后那双细细的眼睛朝弓子望去,"就这样,×让少年把被害人的信息写在了他的学生手册上。而且,可能感觉仅有这些还不足以作为证据,又让他记上了关于杀人方法以及寄给媒体的犯罪声明等内容。"

"那究竟是以什么方式,"弓子好像已经不像开始时那么无视凡河了,也可能是对凡河的话很感兴趣,继续主动问道,"您的意思是×教唆了少年对吗?"

"那只能靠我们想象了。比方说×有可能这样对口羽公彦说——据我推测,连环杀人案的凶手很可能给警察和媒体寄了犯罪声明。×转弯抹角地用这种假设勾起了少年的兴趣。"

无论修多罗还是凡河,都陆陆续续提出了各种观点,这当然挺好的。可他们怎么净拿出些不现实的观点呢?梢绘不是嘲讽他们,是真心这么觉得。虽然她也不敢肯定这些想法绝对不可能。

"×当然知道被害人毛发寄给媒体这一事实没有被公布,毕竟是他干的嘛。但×佯装不知,将各种信息透露给了口羽公彦。已经说了犯罪声明的事,如果不再说些只有真凶才有的证据,那就太没说服力了。所以他就跟口羽公彦说了很多,什么真凶可能将被害人遗体的一部分寄给了媒体呀，这些当然没有公布于众呀，等等，说了很多。口羽公彦听着×像模像样的分析，很快就产生了兴趣，便将这些信息按顺序记在了随身携带的学生手册中。"

"于是，如×所愿，少年的学生手册就变得好像真凶本人记录杀人方法、杀害顺序和犯罪声明的样子了，对吗？"

弓子对凡河的推理尽管很感兴趣，但基本和梢绘一样，好像认为凡河的假说不太现实。

但凡河对此毫不介意，继续说道："正是如此。这么一来，记录杀人方法和杀害顺序那个位置写的那句'老头如果是秃头怎么办'的意思也就可以弄清楚了吧？从这句话来看，口羽公彦似乎不认识寸八寸义文。不过这也自然。少年并不认识被害人，一个也不认识。他肯定是一边在手册上做笔记，一边这么想的吧。因为他觉得比起割下耳朵或手指，寄头发这个方法的确更能凸显这些罪行出自同一人之手，但如果被害人中有人秃顶，那凶手打算怎么办呢？于是，他脑子里怎么想的就怎么写了下来。事情应该就这么简单。"

"这么说来，"丁部似乎一如既往地支持凡河的猜想，"那本学生手册上最前面的几页被撕掉了。莫非也是——"

"没错，那也是×搞的。恐怕口羽公彦在那几页写的内容足以证明他不是凶手。那当然对×不利，所以在加上一礼比小姐名字的同时，顺便将那几页撕掉了。"

"×就这样成功地让口羽公彦写下了看似凶手亲笔写下的笔记，对吧？"弓子这次毫不掩饰语气中的怀疑，"假如真是这样，有一处非常奇怪。记录手册主人姓名和联络方式那一页也被撕掉了。这又是为什么呢？如果凡河老师的猜想没错，口羽公彦不过是研究案件的局外人,有必要这么做吗?"

"如果仅仅是研究案件的话,的确没有必要这么做。但事情没有止步于此。对×来说,这之后才是正式演出。"

"接着就是把口羽公彦,"丁部得意地点点头,仿佛自己参与了一般,"制造成连环无差别杀人案的凶手。"

"正是如此。×装作若无其事的样子向少年灌输了某种想法——如果此时有谁用同样手法杀了人,那么所有的嫌疑集中在了那位真凶身上。他在口羽公彦耳边如此轻声说道。这正是恶魔的低语啊。"

"于是,"可能第一次对凡河的主张产生了真实的感觉,弓子表情凝重,看上去没什么自信,"少年上了他的当?"

"是的。他在这时第一次动了杀害一礼比小姐的念头。这难道不是真相吗?本人是这么想的。但是他失败了。"凡河朝梢绘瞥了一眼,表情仿佛在暗中确认自己有没有说错话冒犯梢绘,"我不清楚×有没有预想到这一结果,但不管怎样,×都打算让口羽公彦成为凶手,不想让他活下去。对×来说非常有利的是,少年将那本学生手册遗落在了现场。假如他就此失踪,那这一连串案件就会以口羽公彦为凶手结案,自己则可以按计划躲进安全区域。×如此判断后就杀了口羽公彦,并将其遗体藏在了某处。依本人看,事情的经过就是这样。"

无法全盘否定凡河的推理,但还是有些地方难以释然——周遭笼罩在复杂的气氛中。凡河可能意识到了这点,但依然自信满满,继续侃侃而谈。

"对了,还有一点。我还有证据佐证真凶并非口羽公彦。"他拿起修多罗刚刚分发的复印件,用手指砰地弹了一下,"就是这个。"

"啊？嗯……"修多罗慌忙看起自己那份复印件，"这上面？哪里？"

"听好了。仔细想想，证明口羽公彦是凶手的重要证据是他的学生手册，还有修多罗刚刚发给大家的作文复印件。这二者都是手写的，对吧？"

"是啊。这有什么问题？"

"不明白吗？手册当然是手写的了，所以大家可能没注意到。但就连出于个人目的而写的作文也都是手写，这究竟意味着什么呢？"

"那当然是口羽公彦没有使用电脑的习惯——"修多罗"啊"地惊叫了一声，"这，这样啊。这么说来寄给媒体的犯罪声明是……"

"没错，是用打字机打出的铅字。这究竟是为什么？"

"但是，老师，"亚李沙冷静地指出，"那也没什么奇怪的吧。毕竟手册和软皮抄都不是以被他人阅读为前提写下的，手写也不足为奇。可犯罪声明会作为证据留下来，当然会选择使用打字机以免留下自己的笔迹——"

"不是不是。我不是说这个。关于这一点，本人已经确认了。"凡河朝双侣抬了抬下巴，"口羽公彦写文章时全部是手写，他并不熟悉打字机或电脑这类东西的键盘。当然，他也没有这种机器，对吧？"

"嗯。"双侣点了点头，"口羽家有一台给他二弟用的电脑，口语公彦本人好像没有用过这种机器。至少在家里没用过。"

"看吧。口羽公彦并不熟悉键盘，他怎么会用打字机打印出犯罪声明呢？这一点怎么想都不合常理。或许这一连串案件不是口羽所为，真凶另有其人。这么想也没什么问题吧？"

原来如此。梢绘现在才知道口羽公彦不大会用键盘,她对凡河有些佩服了。不过,这又怎样?这个着眼点确实不错,但也不能忽视亚李沙指出的问题。学生手册和软皮抄暂且不提,连犯罪声明都用手写的话,那才更像伪造了。感觉实在不像是真凶会做的事。而且——

"但是,老师。"修多罗把梢绘的感想说了出来,"犯罪声明寄给媒体时,口羽公彦已经离家出走不知所踪了。也就是说,就算他没从家里拿走打字机或电脑也不成问题,对吧?就像刚才她所说的那样。"说着,他朝亚李沙点了点头,"他也不想留下自己的笔迹吧,所以在他失踪的那段时间里,口羽在什么地方找到了打字机或是电脑。应该这么想才对吧。也可能借用了架谷耕次郎的电脑呢。"

"也是,这种猜想也不错。那关于手写和打印的问题我们先谈到这里吧。"凡河淡定地表示,看似完全没有动摇自己的看法,"总之,本人认为口羽公彦不是凶手。"

"假如真是如此,"可能讨论得太投入,尽管没有必要,但修多罗又站了起来,开始踱来踱去,"您是说少年纯粹是被利用了,真凶是×。那×随机杀害了架谷耕次郎、矢头仓美乡以及寸八寸义文三人究竟是出于什么原因呢?"

"那个,这个嘛。"凡河好像对此有自己的想法,但似乎又开始摆起了谱,迟迟不做解释。修多罗有些着急似的提出了别的问题。

"而且,照老师所言,口羽公彦本人应该是有杀害一礼比小姐的动机的,对吧?"

"啊……嗯,大概有吧。"凡河的声音越来越低,"嗯……嗯,可能有——我觉得有。不过很可惜,本人不知道他为什么想要杀害一礼比小姐。"

梢绘顿感沮丧。不,准确来说是气愤。自己究竟为何要一直观看这位大师的表演?简直是浪费时间啊。梢绘此时真想踹飞椅子直接走人,好不容易才打消了这个念头,因为还没听到亚李沙的推理。而且,梢绘有些小气地想,既然都听到这里了,索性就把刚才的极品白兰地喝个够吧。

"唯一可以肯定的是,口羽毕竟是个处于青春期的少年,可能有些大人无法想象的烦恼,因此钻牛角尖做出了偏激的行为,这也不足为奇。比如,他在什么地方见过一礼比小姐后对她朝思暮想,可始终望而不得,他在爱慕与绝望中进退两难,于是就想索性和她一起殉情。他会不会陷入了这种不正常的浪漫情绪中呢?一礼比小姐又是位美丽的女子,身心处于不安定时期的男孩子——那个,不知道这种说法是否合适——为她走了极端也并非没有可能吧。"

开什么玩笑。刚刚的怒火好不容易用一杯白兰地压了下去,此时又再度涌上心头。口羽公彦很有可能在她完全不知情的情况下单方面监视着她。可即便如此,也不能用这种刻板老套的故事糊弄人吧,真让人受不了。梢绘非常不满,狠狠喝了一口白兰地,结果不小心被呛了一口。不管是刚刚的修多罗,还是凡河,虽然都提出了相当尖锐的看法,但一直都在围着梢绘最想知道的关键之处绕圈子。这样一来,似乎只能指望亚李沙的推理了。真想快些听到亚李沙的推理,但凡河还未讲完。

"其实,今晚的聚会开始之前,本人大致就想到了这么多,×具体是谁,我还没有想到。我也模糊地想过,有可能是籾山庆一——"

"籾山庆一?"修多罗对这个名字的出现显得很意外。"那个

'福特公寓'的住户,警察赶到时站在走廊上的籾山庆一吗?老师,这又是怎么一回事?"

"因为学生手册的存在,我才想到可能是籾山庆一。也就是说,为了将口羽公彦塑造成杀人凶手,×让他按刚才所说的顺序写下了那样的内容。到此为止都没有问题。但是他无法保证手册一定能作为证据交到警察手上。对吧?"

梢绘想那倒也是。她不明白口羽公彦袭击她时,为何专门将学生手册带在身上。可能是平时的习惯。只是,梢绘从他口袋里抽出手册这件事毫无疑问纯属偶然。这点只有她最清楚。

"于是,为了让那本手册作为重要证据进入警方的视线,×需要进一步的行动。而现场附近的籾山庆一,可以在口羽公彦犯案后潜入一礼比小姐的房间,将手册故意放在那里。我认为这种可能性也是有的。不过,根据一礼比小姐的证言,事实好像并非如此。"

"学生手册是她反击时从少年的口袋里抽出来的。"

"也可能警方发现的学生手册在他们到达之前被调换过。我暂时这么猜测。一礼比小姐在报案后晕了过去,假如籾山庆一或是别的什么人潜入现场她也发觉不了。不过,这似乎也不太可能。"

"对啊。"修多罗似乎喝醉了,从刚才开始就一直从自己口袋里反复掏着什么似的,"不管是籾山庆一还是别的什么人,都无法判断一〇六号房内的一礼比小姐是否真的断气了。假如他是为了陷害口羽公彦才在现场周围来回走动的话,进入现场本身对×来说风险也太大了。"

"没错。"

"那本手册落入警方之手纯属偶然。也就是说,如果老师的假设是正确的,那么对想要陷害口羽公彦的×来说,这是意料之外的结果——简单说就是这个意思吧。"

"嗯,是的。在我看来,为了将口羽公彦塑造成凶手,×捏造的证据除了学生手册外,应该还有很多。最初×打算根据情况一点点拿出来,可他从没能杀掉一礼比小姐的口羽公彦那里听说学生手册遗落在了现场。对×而言,这真是无比的幸运。而且,口羽公彦还说自己被一礼比小姐看到了面容。×判断伪装工作已经大获成功,于是立刻杀掉了口羽公彦,并将口羽所穿作案时穿的篮球鞋放在了净穴公寓五〇五号房,把少年的遗体在某个地方处理掉了。事件的经过大概就是这样。"

"也就是说,杀死架谷耕次郎、矢头仓美乡以及寸八寸义文三人的不是口羽公彦,而是×这个男人。"修多罗抬起一只脚做出穿鞋的动作,"他应该是穿着口羽公彦的篮球鞋行凶的,对吧?"

"那是当然。因为×一开始就打算把口羽公彦塑造成凶手,并精心制订了全部计划。正是为了这个,×在同性恋者聚集交流的场所出没,在那里盯上了口羽公彦。"

"欸?"来回踱步的修多罗停了下来,"等等。这么说,老师难道认为真凶×是……"

"是的。不是别人,老夫怀疑×就是架谷耕次郎。"

如果不是口羽公彦,那他打算说谁是真凶?准备好洗耳恭听的梢绘吓得差点儿从椅子上掉下来。当然,目瞪口呆的不止她一个,所有人都怀疑地看着凡河。

"可、可是,老师。"可能酒劲儿上来了,修多罗揪着自己的长发问道,"架谷耕次郎已经死了啊。他是第一个被杀掉的。

他都死掉了，究竟怎么进行之后的犯罪呢？"

"四年前的八月九日，在'浅黄公寓'八〇八号房发现的遗体不是架谷耕次郎，而是其他人。"

等等，竟然有这种可能？梢绘已经不止惊讶错愕，她都想笑出声来了。暗示连环杀人案的真凶其实是被害人之一，这是推理小说结尾处常见的反转。但这是现实啊。现实的案件中，再怎么说也不可能——

"这，老师，再怎么说也……"就连丁部看上去也难以认同，"指纹对照的结果已经确定死者是架谷耕次郎本人了。遗属也确认了遗体的身份。"

"那可能是和架谷耕次郎极为相似，比方说是流浪汉，就那种行踪不明也不会立刻被发现的男性尸体。为了将这名男性伪装成自己的替身，架谷耕次郎认真做好了准备。我感觉是这样。说穿了，他在案发前和妻子分居可能就是为了这么做。"

"和妻子分居是为了把自己伪装成死者做准备——"或许丁部又觉得还有讨论的余地，中途改变了语气，"您是这个意思吗？"

"是的。架谷事先为自己找好了两个替身。一个是以'架谷耕次郎'的身份而死的人，另一个则是为自己背负了所有罪名的人，也就是口羽公彦。在这点上，修多罗的看法和老夫的看法完全相反。"

"嗯？您说的是哪一点？"

"修多罗认为，作为一连串杀人计划的一环，口羽公彦为了寻找能提供藏身之处的金主才在同性恋者聚集的场所出没，继而盯上了架谷耕次郎。你是这样的想法对吧？但老夫觉得恰恰相反。口羽公彦纯粹只是出于冲动才离家出走的。正如最后看到他的弟弟所感觉的那样，他可能在学校里遇到了什么不愉快的事，所以想逃离一成不变的日常生活。只是，为了确保有地方可以生活就去找一个同性恋金主，无法判断他为何会产生这样的想法，或许因为他原本就有这种嗜好吧。"

"但是，这个事实，"双侣似乎在犹豫该如何评价凡河的见解，"至少目前为止，我们无法从任何地方看出来。"

"那是当然。毕竟口羽公彦当时才十六岁，就算对自身的性取向迷茫也一点都不奇怪，若是周围的人清楚知道他的性取向，这反倒稀奇。离家出走后，在离开了家人朋友的束缚之后，口羽公彦才第一次认清了自己的嗜好，这完全有可能。他为了得到有经济实力的男性的庇护而出入这类场所，在此期间被架谷耕次郎盯上了。两人的相遇，看似互惠互利，实际上对于口羽公彦而言，只能说是不幸。"

"于是呢，理所当然地，"弓子玩弄着手中还没点火的香烟，插嘴说道，"照老师刚才的想法，口羽公彦直到最后都不知道自己的金主其实名叫架谷耕次郎，是这样吧？"

"当然是。因为架谷从一开始就是为了准备那个邪恶计划才出入这类场所的。就算不是为了这个，作为医生他有一定社会地位，当然会在男同性恋的交际场所使用假名。"

"不对，等等。"双侣松开抱在胸前的双臂探出了身子，"修多罗先生刚刚提出'口羽公彦与舍人浩美为同一个人'，凡河老师是基于这个说法展开的假设吗？但是，事实上架谷先生以舍人浩美的名义租下'净穴公寓'时，是用自己的本名做的担保——"

"那是。因为'净穴公寓'的水电费要从架谷的银行账户中扣除，在这种事情上使用假名反而麻烦，即便使用真名口羽公彦也不会发现。对少年来说，有人提供生活场所就好，租房合同什么的看都不会看吧。不看也不会有什么问题。"

双侣看似没有完全认同，轻声说了句"那倒也是"。

"架谷就这样为自己准备好了两个替身，终于要实施计划了。他首先将与自己相像的另一名男性作为架谷耕次郎杀害，接着又杀死矢头仓美乡和寸八寸义文，然后装作毫不知情的样子，对口羽公彦提出研究一下现在社会热议的无差别连环杀人案，把那本学生手册捏造成决定性的证据。最后唆使口羽公彦袭击一礼比小姐，让少年承担了所有罪行。"

"但是，他为什么要杀害矢头仓美乡、寸八寸义文这两个毫不相关的人呢？"

"为了完美伪造出'架谷耕次郎'已死的假象，他必须这样做。这是一切的犯罪动机。如果制造出仅仅'他'一个人死掉的局面的话，会被怀疑做了什么手脚。比如说，被追讨高额欠债之类的——"

"警方没有查出这种情况。"双侣冷静地指出，"架谷确实很喜欢拈花惹草，虽然不确定是不是这个原因，但他的确有欠债。不过，事实上他并没有被逼到要诈死的地步。"

"所以说，这只是假设。肯定有什么情况让他不得不从台前消失。老夫这么认为。就像刚刚说过的，和妻子分居也是那个计划的一环。换言之，拈花惹草也是在为那个计划做准备。这种可能也是有的。总之。'架谷耕次郎'作为连环无差别杀人案的被害人之一被杀——这正是他想要看到的情况，也是一切的动机。如果只是'架谷耕次郎'一个人死掉，很容易被怀疑有人做了什么手脚，但若是被神秘的杀人魔杀掉，世人会相信他死于不幸，不会多加怀疑。"

"我想问一下——"亚李沙打断正想发言的双侣,"架谷耕次郎是以什么标准选择三名被害人的,老师考虑过吗?"

"标准?没有这种东西。不,假设有,那也是最初被杀害的'架谷耕次郎'必须是个男人。毫无疑问,替身必须是个和自己相像的男性。"

"那矢头仓美乡和寸八寸义文为何被选上了呢?"亚李沙不怀好意地微笑着问道,"老师和修多罗一样,对此没有任何想法吗?"

"也是吧。修多罗虽然也这么说过,尽量让性别和年龄分散开。可能有这个原因,这样才能更加突出无差别杀人的印象。如果架谷耕次郎的动机和我的假说一致的话,这么做对他更有利。关于这点,就不用再说一遍了吧。假设有选择被害人的标准,老夫觉得那个标准也不过如此。还是说,"凡河在椅子上扭了一下身体,随即意味深长地朝亚李沙探出上半身,"矢集小姐有什么不同的想法?"

"嗯。当然。"亚李沙站起来,信心满满地宣布,"这四名被害人无一例外,都有一个共同点。"

"是吗?好吧。不对,等等,你说四个人——"

"非常抱歉。"亚李沙催促还在来回踱步的修多罗赶紧坐下,随即代替他像舞台剧演员一样走了起来。她似乎要开始自己的推理了。"我无法认同凡河老师的'架谷耕次郎真凶说'。我觉得真凶就是口羽公彦。"

亚李沙停顿了一下,将视线从凡河缓缓转移到了梢绘身上。

"口羽公彦按照某种明显的标准,将架谷耕次郎、矢头仓美乡、寸八寸义文,以及一礼比梢绘选为了袭击目标。"

第七章　联

"首先，诸位，"亚李沙似乎在模仿刚才的修多罗，就像歌剧女演员一样在客厅不慌不忙地来回踱步，"看看四名被害人的名字，你们没发现什么吗？"

"名字？""咦？"喃喃自语声瞬间响起。大家歪着头面面相觑，貌似无人发现。

梢绘也没想到什么。名字？我的名字怎么啦？听亚李沙刚才的语气，她好像认为被害人是根据特定标准选择的。也就是说，四个人的名字有什么共同之处。真的是这样吗？

"名字嘛，"凡河歪着头，手指在空中比画着像是在写字似的，"四个人的名字中隐藏着某种特定的标准，对吗？"

"正是，老师。"

"那究竟是什么？"

"您没看出来？"

"我认输，告诉我吧。"

"四个人的名字里都存在呢。"亚李沙双手叉腰，慢慢环顾众人，"名字里都有表示数字的字吧？"

"啊？""数字？""怎么说？"周围再次响起疑惑般的呢喃声。

"喂喂。"修多罗一脸愕然,"一礼比小姐的名字我能看出来,是'一'对吧?寸八寸义文也一目了然,就是'八'。但另外两个——"

"哎呀。莫非,"弓子一开口就扑哧一声笑了出来,"你想说架谷先生的名字里有'二'吗?是因为他的名字耕次郎里有'次'这个字吗?"

"嗯。"尽管被嘲笑了,亚李沙依旧充满自信毫不动摇,"正是如此。"

"就算是这样,"反倒是弓子显得有些沮丧,"那矢头仓美乡呢?"

"美乡的'美'和'三'是谐音吧?"

梢绘目瞪口呆。究竟是该生气,该吃惊,还是该哭泣呢?太荒唐了,梢绘头晕目眩。自己一直盼着能听到亚李沙的大胆假说,没想到她竟甩出来如此幼稚的发言。

其他人也毫不掩饰困惑的表情。但是,亚李沙不可能对如此没有水平的蠢话这般自信,大家可能在防备这点吧,暂时没人揶揄或批评她。

"但是,你啊……"修多罗好像也担心亚李沙做好了反驳的准备,小心翼翼地选择措辞,"不管怎么说,这也太牵强了吧。"

"的确是这样啊。"亚李沙果然毫不动摇,"再牵强一点说,关于寸八寸,我不认为是'八',而是义文的'义',也就是说,他是'四'。"

"你是想说,"修多罗露出尴尬的笑容,"被害人从一礼比小姐的'一'开始,按照'二、三、四'的顺序凑齐了,难道你是这个意思?"

"正是。我再说一次,的确牵强。是的,纯粹是牵强附会而已。"为了强调自己不是在开玩笑,亚李沙的声音突然变得低沉起来,"如果要选名字里带有数字的被害人,那么名字里有'三'或'四'的人要多少有多少。但口羽公彦非要在此时选择牵强附会。我感觉他是这样的。他没有选择名字里带有'三'和'四'的人,而是特意选择了矢头仓美乡和寸八寸义文,这是为什么?唯一的原因就是,能成为被害人候选对象的人十分有限。"

看样子亚李沙不是在开玩笑。她非常认真,应该是有某种确定的想法。梢绘这么一想,赶紧坐直了身体。不过梢绘还是不明白她发言的重点是什么。其他人也一样,凡河不解地问道:"你大概想说什么,矢集小姐?口羽公彦是以名字里有数字为标准挑选被害人的吗?还是没有这样选择呢?究竟是哪种?"

"详细说明之前——"亚李沙从放在一旁桌子上的大信封里取出了一样东西,"诸位,请看一下这个。"

是印有铅字的复印纸,用订书机装订在一起,每份四页。亚李沙给每个人发了一份。

看着发到手上的复印件,梢绘不由得叫出了声,因为上面印着她的名字,就是那篇以《街道居民应当反省》为题的文章。那篇被当地报纸的读者版块第一次录用,也是梢绘唯一一次被录用的杂文。内容具体如下:

> 前几天,我从商业街经过。由于急着上班,走得比较快。
>
> 一位驼背的老婆婆拄着拐杖走在我前面。她走得很慢,我想赶紧超过她,却差点儿撞到她。我在人群中左右闪躲,好不容易才避开她。

我刚松了一口气，正想再走快些时，听到背后有个声音。回头一看，发现刚刚那位老婆婆跌倒了。她双手撑着地面，手里的东西飞了出去，散了一地。

这时，有群初中生或高中生从她一旁经过，他们虽然看到了老婆婆，却不闻不问。老婆婆好像对那群孩子说了什么，很生气的样子，但我没听清。貌似那群孩子中的某一个，没能像我刚才那样避开，把老婆婆撞倒在地。

但是，那群孩子没有一个人道歉，也没人伸手去扶老婆婆。我想他们不会是上学要迟到了，所以着急吧。不对。他们是慢吞吞地结伴离开的。

说实话，我很生气。但我也赶时间，就在我准备离开时，一个背着书包的小学女生默不作声地迅速靠近了老婆婆。那个小姑娘冷眼看着扬长而过的大人，麻利地捡起老婆婆掉在地上的东西，然后伸手去扶她。

当时，其他行人依旧没看到老婆婆和小姑娘似的，视而不见地从他们身旁走了过去。

我也是其中一人。想到这个，我就羞愧难当。我没有资格对刚才那群孩子或其他行人感到愤怒，何止如此，说不定其他人看到我的表现也会愤怒不已。

视而不见。一直这么做的，就是你和我。

文章结尾写着"一礼比梢绘"的名字和住址，以及职业"白领"等字样。梢绘曾因文章被报纸采用而兴高采烈。她把这篇文章反复读过好多遍，到现在都能记得内容。文章刊登于五年前，一九九六年九月八日。因此只有住址——

"啊！"有人不禁叫了一声。不过这次不是梢绘，而是丁部。

他被订起来的那份复印件惊到了。

"怎么了?"

"没、没什么。"丁部慌忙朝着亚李沙摇头,"没什么,失礼了。您请继续说吧,矢集老师。"

"真的没事吗?那么,"亚李沙再度环视四周,似乎想重新调整气氛,"诸位,请看!这是当地报纸收到的读者投稿。第一张复印件是一礼比梢绘小姐投的文章,此外还有另外三人的。刊登的日期各不相同,但全都集中在五年前的一九九六年。看看这四位投稿人的姓名,聪明的各位立刻就能知道我想说什么了。"

正是如此。梢绘的文章之后,第二张复印件上的投稿人姓名是架谷耕次郎。标题为《只读不买与盗窃同罪》,文章对去书店只读不买的行为表达了不满。

  从以前开始,一到书店我就感觉不爽。不论男女老少,大家对杂志书籍都是只读不买,而且还觉得自己的行为没什么问题。

  如果只是看看大概内容,那还可以理解。但是,我所说的只读不买可没那么简单。有些人为了等朋友,或只是为了打发时间,长时间阅读并不打算购买的杂志,即便将书页折角了也一副无所谓的样子,竟然堂而皇之地把书放回到书架上。

  损坏商品无须赔偿。这在其他商店是不被允许的。不,就算书店原本也不应该允许这种行为。但是,现在大家好像都不觉得这是常识了,本应提醒他们的店员也无法阻止这种行为,只能放任自流。

可能担心劝阻不当会惹上麻烦，店员就闭口不言了，也可能是没认识到只读不买是种罪恶。我觉得原因是后者。所谓书籍，就是一种以书中内容换取金钱的纯粹商品，但人们缺乏这种常识。

而且，且不说有人为了打发时间站在那里看杂志，甚至还有一些厚脸皮的人，经常连着几天去书店读一本小说。这种行为真是让人叹为观止！这些人自作聪明地狡辩"买书实在太花钱"。

怎么会有如此可恶的事。不付钱就不该读书。别说我的想法极端，这是理所当然的事。人不吃饭就活不下去，如果说句"吃饭实在太花钱"，你就觉得自己可以吃霸王餐吗？

不可能让你白吃。这种道理连小学生都懂。这和只读不买是一回事。我最后再强调一次，只读不买这种行为就是不折不扣的犯罪。

文章末尾写着"架谷耕次郎"的名字和他的住址"浅黄公寓"八〇八号房，职业写着"医生"，发表于一九九六年四月十八日的当地报纸上。

第三张复印件是矢头仓美乡的投稿，题目是《能够善待弱者的人才算是成年人》。文章对在公共交通工具上不肯让座给老人的乘客，以及区别对待女性的普通男性进行了规劝。

以前，在学校里学过"抑强扶弱"一词。我觉得这个词很棒，可现实又是怎样的呢？好像人人都在"恃强凌弱"。

有次坐公交车，一个年轻男人占了两个位子。有位看似腰腿不便的老人上车后,他也视而不见,双腿还一直很不雅观地叉开着。但是,当一个面露凶色的大叔上来后,这位大哥慌忙合起了双腿,虽然没人要他让座,他一下站了起来。

这种情况虽然好笑,但我们不能一笑了之。"善待弱者"的社会究竟在哪里呢?我的父母都有工作,母亲在某家企业上班。但是,只要她提出休假,主管肯定会说些"女人就是这样啦"之类的难听话。

母亲明明在行使法律保障的权利,为什么非要听别人说这些呢?男性员工提出休假时,我想不会有人说"男人就是这样啦"。大家不觉得这很奇怪吗?明明都是成年人啊。

学校老师和周围的成年人都对我们说"一定要关心他人"。创造光明的未来是我们的使命,也是我们的责任。可是,那得让我们看看怎样才算是"优秀的成年人"呀。

"不善待他人的成年人"教育孩子"要善待他人",这根本不会产生任何作用。

文章末尾写着"矢头仓美乡"的名字和住址,以及"浴永小学五年级学生"。文章刊登于一九九六年十一月一日的当地报纸上。

作者虽然是个小学生,但文章写得相当不错。说不定写得比自己还好呢,梢绘不由感叹。被害时才十二岁,想想有些不太真实。小学生里固然也有作文好得让人惊叹的,因此不能一概而论,但也可能是父母帮忙修改过。假如自己是位母亲,可能也会建议想要往报纸投稿的女儿"这里得这么写"吧。肯定。想到这里,梢绘仿佛被迫看到了什么肮脏的东西似的,心情一下变得糟糕起来。

内容也有问题。矢头仓美乡批评了母亲所在公司的男性员工,但明显可以看出这位母亲的用心,因为她预料同事们可能会看到这篇文章。明明可以匿名投稿,却故意刊登真名和住址,这就是证据啊。利用女儿报复职场欺凌,这位母亲的一时冲动和没轻没重引起了读者生理性的厌恶。身为小学生却持有高见,虽然矢头仓美乡因此被人称赞,但至少梢绘怀疑采用这篇稿件的报社的良知。

接下来的第四张复印件是寸八寸义文的文章。文章标题为《不忍直视的情侣》,劝告年轻男女不要在公众场合毫无顾忌地卿卿我我。内容如下:

> 我喜欢散步。我已经上了年纪,对我来说,在安静的公园与河边欣赏风景,一边浮想联翩,一边悠闲漫步是一种至高无上的快乐。
>
> 但是最近,出门这件事开始让人感到痛苦,因为让人无法直视的年轻人太多了。他们不仅穿得怪里怪气,而且没有礼貌。这也算了,不看就是了。反正我既不是他们的父母,也不是他们的老师,没有义务教育这些不像样的年轻人。
>
> 然而,有些事情就发生在眼前,让你尴尬得不知该往哪里看才好。有些男女简直把公共场所当成了自己家,在公众面前抚摸彼此的身体。再怎么不知羞耻也得有个度吧。
>
> 当然,相爱本身没错。我也没说他们年纪还小不许谈恋爱。我自认没那么狭隘。
>
> 但是,接吻这件事说到底属于私密行为,私密行为还

是应该在合适的场所和时间进行才对。

这么做不仅会让别人不快。不合时宜的私密行为不会有任何益处。行为不端损害的不是别人，而是当事人自己。

希望年轻人好好思考一下，"人前有顾忌"这句话究竟是什么意思。

文章的结尾处写着"寸八寸义文"的名字，住址是"姬寿庄"二号房，职业为"无业"。刊登时间和其他人一样都在一九九六年，日期是十二月二十日。

每篇投稿，往好里说，算是正确言论，说难听点，就是可有可无、毫无创造性的无聊文章。文章还算不错，但很难称得上格调高雅。梢绘暂时把自己的事搁置一边，挑剔地品评着这几篇文章。梢绘虽然喜欢写文章，但包括读者版块在内，她几乎没有读过其他业余作者写的东西，从某种意义上来说，这也算是一种新鲜的体验。总体来说，感觉大家都挺闲的。

"大家都明白了吗？"亚李沙算准所有人都大概看完复印件的时候，得意扬扬地说道，"的确如此。这才是四名被害人的共通之处。"

"也就是说……"好像遭到了亚李沙的碾压一般，修多罗暂时合上了张了一会儿的嘴巴，"你是想说——口羽公彦从这个读者版块中挑选的被害人？"

"没错。随机挑选。关于这点，和修多罗你的观点相似，但从结果来看，口羽公彦也并非刻意盯上四名被害人中的某一个。总之，只要在当地新闻的读者版块发表过文章，都可能选上。"

"但是，为什么？为什么要挑选投稿的人呢？"

"简单说来，我觉得是因为嫉妒。"

"欸？嫉妒？"

"这点我也和你意见一致。口羽公彦从小喜欢铅字，性格早熟，头脑聪明。从刚才写在软皮抄里的文章就可以看出，他习惯于将自己的想法写成文章。这种性格的少年，很可能会往报纸杂志的读者版块投稿，对吧？刚刚那篇《不幸的资本》说不定就是准备往哪里投稿的文章呢。"

是哦。这么说来，自己可能跟口羽公彦有某些相似之处。梢绘突然意识到这点，一种难以名状的不快就像毒素一样立刻蔓延至全身。将琐碎的小事写成文章，因为会写文章而产生毫无缘由的优越感，自命不凡。客观来看只是个让人讨厌的家伙。这么看来，自己比原本想象的还要和口羽公彦相似。这个想否定也否定不了的事实让梢绘十分不悦。

"但是，与这四人不同，口羽公彦投过好多次稿，却没被采用过。我调查了一九九六年前后几年地方报纸的读者版块，没有看到一篇以口羽公彦名义刊登的文章。"

不知是谁咕哝了一声。梢绘也想哼哼一声。亚李沙的假设确实奇特，但看过证实四名被害人共通之处的"实物"之后，感觉她发言的说服力与分量完全不同了。她从开始发言之前就显得自信心十足，看来也不是毫无道理啊。

"不过，你真是目光敏锐啊。这点都注意到了。"或许是对亚李沙钦佩不已，修多罗就像个求人揭开魔术之谜的孩子。"你是怎么想到这点的？是受了什么启发吗？"

"这是商业秘密——我很想这么说，但谜底其实特别简单，你听后肯定失望。"

"为什么？怎样都好，你就告诉我吧，别故作神秘了。"

"答案就是，其实我是这类投稿版块的秘密爱好者。"

"欸?"梢绘的惊讶和刚刚完全不同,"欸?欸?难道矢集老师也会往这类媒体投稿吗?"

"不,我不写,但我喜欢看这些文章。一旦在杂志或报纸上看到这类读者版块,我必定把角角落落看个遍。"

"哈哈。是那个吧,为了寻找作品素材?"

"嗯,说完全不参考是假的。不过,我几乎没有参考过,只是喜欢阅读本身而已,感觉可以从中窥见各种各样的人生。尤其是当地报纸的读者版块,早饭后肯定第一个阅读,是啊,这个习惯已经持续了大概十年了。"

"我们的投稿您肯定在当天刊登的报纸上就看到了吧,所以才记得。"

"不过,我并不记得所有投稿人的名字。当然,接受双侣的邀请决定参加今晚的研讨会,在阅读他给的资料时,看到了几个熟悉的名字。架谷啊,寸八寸啊,当时感觉好像在哪儿见过,仔细想想才发现他们都是经常给读者版块投稿的人。"

看来,与投稿只被采用过一次的梢绘不同,架谷耕次郎与寸八寸义文的投稿曾多次被刊登过。

"当时只是在脑海中闪了一下,想着如果查一查过去的读者版块,会不会出现矢头仓美乡和一礼比梢绘的名字呢?没想到真看到了。喏,就是这样。看到我的本事了吧,实在没什么了不起的。"

"不会不会。"修多罗耸耸肩,"这也很了不起啊。"

"嗯,那么,"亚李沙停顿了一下,仿佛在问大家还有没有什么问题,"咱们回到原来的话题吧。读过刚才那篇《不幸的资本》就能明白,口羽公彦是个乖僻的少年,自我意识过剩,凡是对自己不利的东西他都会归罪于社会和他人,他性格骄纵,每当看到被刊登的投稿时，他究竟会怎么想呢？都写得不怎么样——就算这么想也没什么稀奇吧。他会想：为什么这样的文章能被采用？无论怎么看都是我的文章内容更好，到底是哪里出了问题？怨恨就这样越积越深。"

梢绘可以清晰想象出口羽公彦的愤懑。因为她自己也曾屡投不中，也曾抱怨过怀才不遇，也曾怨恨过社会不公。

果然，这个少年和自己很像……这种感觉涌上心头，梢绘恨不得大叫一声。不要。不要。不要不要不要。和那种人像。我竟然像那种人。没这回事。不要。绝对不要。

"当然，也可能有人觉得现在就断定连环无差别杀人的动机产生于这种不满还为时过早。但是，他有着年轻人身上常见的自卑，以及对社会根深蒂固的不满，这种情绪在他心里持续发酵膨胀，终于在某一天，因某个决定性的契机，他对轻易得到自己极度渴望的东西的人暴发了杀意——我是这样想的。"

"决定性契机是指什么？"修多罗好像被亚李沙所说的话所吸引，声音也尖锐起来，"具体是指什么？少年身上发生了什么事吗？"

"那就只能靠诸位想象了。比如，我认为口羽公彦是在四年前的二月十五日失踪的，这一事实就值得关注。大家都知道，头一天是情人节。在大人看来过这一天毫无意义，可是对青春期的男生来说，这是一个重要的节日。"

"你是指？"和刚才一样，弓子似乎强忍着笑意，"因为没能收到心爱的女孩送的巧克力而情绪低落——莫非你是这样想的？"

"我猜，不是没有得到某个女孩送的巧克力，而是没有收到任何一个女生送的巧克力。可能我想多了，但这种过分自我的人往往不受女生的欢迎。看到其他同学收到了大量的巧克力，和自己形成了鲜明对比，我想这让他相当受伤。"

"巧克力啊。"可能是因为年龄差距太大，凡河似乎很难理解，他既困惑又感慨，"不过，收到女孩子送的巧克力，真有这么重要吗？收到当然会开心，可收不到也没什么大不了吧——"

"这个啊，老师，这好像挺有伤害性的呢。我有位朋友在男女同校的私立高中做老师，听他说过一些这方面的事。您明白本命巧克力和人情巧克力的区别吗？"

"大概知道。本命巧克力几乎等同于告白，人情巧克力就像礼节问候一样，对吧？"

"嗯嗯。对于工作的人来说，在职场上，比如女性白领一起凑钱给所有男同事送巧克力，这就叫人情巧克力，纯粹是出于礼貌。但女高中生不同，因为没有钱，所以不会送人情巧克力。就算要送，也只是贿赂似的悄悄递给男老师。至少我朋友所在的学校是这样的。"

"这算是精明算计呢？还是被现实所迫呢？真是做梦也想不到的事。"

"当然，也有可能是因为纯粹爱慕男老师，这种情况就更接近本命巧克力了。不管怎么说，无论在金钱方面，还是精神方面，女高中生都不太可能送人情巧克力给男生。当然，这不包括本来就对情人节这种节日不感兴趣的女生。女高中生自然会将所有热情倾注到唯一一块本命巧克力上，接受巧克力的男生也十分清楚这块巧克力的分量。所以，没收到肯定会大受打击。"

"我好像不太懂。虽说还是孩子，但他们也已经是高中生了，应该明白不可能所有女生都对自己有意思。而且，礼节性的人情巧克力暂且不提，收到本命巧克力也不一定会高兴。如果收到巧克力的男孩对送巧克力的女孩没有任何好感，这很容易变成一个巨大的负担。不是所有收到巧克力的人都会高兴吧。"

"他们可是青春期的男孩子哟,想不明白这么多道理。据我朋友所说,收得多的孩子能收到几十块,收不到的人真的一块也收不到。在这种节日,就算不情愿,这种落差也会凸显出来。大人看来虽然很可笑,但也有人会因为没收到一块巧克力而产生挫败感并被深深伤害。因此,刚才提到的那位朋友,他所在的学校从几年前开始就禁止在校内收受巧克力了。"

"嗯。但是呢——很抱歉,我好像有些执拗——听矢集小姐这么说,受欢迎的男孩子收到了很多代表真爱或近乎真爱的巧克力,对吧?那么,从结果来看,一块也收不到的男孩子应该属于大多数啊,不就是这个道理吗?那——"

"当然是的。不过呢,收不到巧克力的男生可能根本不会注意到和自己情况相似的同学。'不只我,他也一块没收到,那就算了吧'——他们不会这么想的。为什么呢?因为他们看到的都是收到很多巧克力的同学。他们总将自己与对方相比,所以感到难过。"

"那倒也是。嗯……"修多罗似乎深有体会,表情沉重,"的确令人难过,实在是太让人难过了。虽然在大人看来不过是一块巧克力而已。"

"那些家伙都美滋滋的,为什么只有我这么倒霉?口羽公彦肯定会因此心生怨念,心里充满没来由的怒火。这种怒火与平时积累下来的、因投稿不中产生的不满混杂在一起,一下子就爆发了。会不会是这样呢?"

等、稍等一下。梢绘抱住了头。如果这个想法正确,那男生在情人节没收到巧克力而怒火中烧就成了她差点儿被杀的原因了。可是，这可能吗？的确，正如修多罗所说，在大人看来不过是巧克力而已，但对青春期的男生来说，情人节就是决定自己在同龄少男少女这一特定的封闭群体中如何被评价的重要节日。一块巧克力也没收到，这意味着自己在这个群体里毫无魅力可言，等于被打上了没有价值的烙印。

梢绘很清楚这真的令人"难过"。如果平时就因不被大家认可而心存不满，那这件事很可能会产生几何效应，让他自暴自弃，甚至导致鲁莽举动，这完全可以想象得到。即便如此，梢绘还是感到浑身虚脱——再怎么说也不可能是因为巧克力吧。再怎么说也不可能因为这原因吧。

"可如果是这样，我觉得他的杀意应该是针对没有送巧克力给他的女同学才对啊。"

"他应该有他自己的考虑吧。"亚李沙摊开双手，面朝着进一步提出疑问的凡河，"假如同班女生被害，自己可能无法洗脱嫌疑。他提防着这点。倒不如杀掉几个和自己毫无关系、怎么看都看不出会被自己杀害的人以泄心头愤懑。口羽公彦年轻气盛，就这么武断地决定了。接着，选择候选被害人的标准就定为不采用自己投稿的当地报纸的读者版块了。"

"只要是投稿被采纳过的人，无论是谁都行对吧？"

凡河摩挲着下巴，似乎认可了这种说法。说起来，亚李沙是以全盘否定他的假设为前提来展开自己的观点的，但这位大咖尽管自尊受损，也未对亚李沙表现出任何不悦，也没有因为对自己的假设充满自信而寸步不让。他看似对这种讨论——说白了，就是对这种聊天特别享受。

这么一想，凡河刚刚留在梢绘心中的负面印象——专爱刁难弓子的难缠老头——被一扫而空。刚才，他简直就像死缠烂打一样，逐个否定弓子的看法，可稍微换个角度就会发现，那也可能是凡河对人特有的关心。说不定他是为了活跃怎么都热闹不起来的会场气氛，为了让大家都加入讨论，才故意跟人抬杠的呢。这么一看，他的确在讨论走上正轨之后就开始老实聆听别人的说法了。梢绘不由对他心生敬意。

凡河在梢绘心目中的印象之所以改观，是因为多少受到对弓子印象变差的影响。无论对人还是对事，哪怕看法稍稍改变，本质就会发生根本变化，梢绘再次切身体会到这个真理。

"正是如此，老师。"亚李沙指向凡河，像在模仿修多罗似的，手势充满了戏剧性，"只是，他还加上了一个条件——仅限于没有匿名的投稿人。"

"那是当然。他一个高中生不可能查出匿名稿件的作者。"

"只要是姓名、住址等信息被公开了的投稿人，不管谁都有可能成为目标。"

梢绘越听越难受。自己固然不希望因为巧克力被杀，但如果是因为写给当地报纸读者版块的投稿，她也很难接受。如果这是真的，那该如何面对自己心中的真相才好？

"话说回来，"亚李沙弯下腰看向梢绘的脸，"依我看，一礼比小姐最初并不在口羽公彦的目标名单之中。"

"欸？"正在胡思乱想的梢绘惊讶地回过神来，"我？不在名单里，什么意思？"

"少年的学生手册，开头几页有被撕掉的痕迹。这是为什么呢？因为那里写着另一个目标的名字。我不清楚那人究竟是男是女，但口羽公彦一开始打算杀掉那个人，所以才做了笔记。但是，他中途改了主意。"

改变了主意——假如真是这样被盯上的,梢绘也不知道该如何接受,说是不幸又觉得有些荒唐。既然要研究如此凄惨的案件,对她而言,无论哪种假说都听着不舒服。梢绘一边咀嚼着这种痛苦,一边洗耳恭听。

"这究竟是为什么?"

"原因就是,与其随机选择目标,不如加上只有自己才知道的某种法则。口羽公彦起了玩心。写在第一页的名字不符合这个法则,于是他突然换了被害者人选。"

"法则是指?"梢绘也渐渐明白了亚李沙的意思,"莫非是刚才所说的名字中包含数字吗?"

"正是如此。可以发现,架谷的'次'与'二',矢头仓的'美'与'三',寸八寸的'义'与'四'都是谐音。关于第三和第四个目标,口羽公彦可能也想尽可能找到名字中包含数字的人,但没能找到合适的人选。或者,口羽不希望目标人选的名字让人一眼看穿其中规律,他认为只有自己明白才有趣。反正谁都可以,不过得有一个人的名字里明确包含数字。他这么想着,结果发现了姓氏中包含'一'字的投稿人。口羽公彦放弃了最初选作杀害目标的那个名字,用'一'替换了它。就这样,被选中的人变成了你,一礼比小姐。"

"于是,只有一礼比小姐的名字写在了左侧这个不合常规的地方?"

"嗯。"亚李沙朝凡河点点头,"是为了遵循突然想到的法则之后添上去的。正因为名单发生了变化,所以关于杀害方式顺序的笔记才会写在那个位置。强行修改名单的结果就是只有一礼比小姐的名字用了凡河老师您所说的那种'突兀的写法'。"

哎!比起敬佩,梢绘更多地感受到了沮丧。亚李沙的想法可谓石破天惊，丝毫不逊色于修多罗与凡河。梢绘做梦都没想到，对于只有自己的名字写在不合常规的地方，亚李沙竟然做出了这样的解释。梢绘渐渐觉得，只要你想牵强附会，什么理由都能编得出。

"但是，你不觉得很奇怪吗？如果口羽公彦如此执着于用只有自己知道的法则来玩某种游戏，为什么他不先杀死一礼比小姐呢？从一开始依次二、三、四——啊，对不起啊！我的说法好像太失礼了。"

这人说话真讨嫌！似乎这种不快不知不觉间表露在了脸上，弓子看到后朝梢绘低头道歉。不行，不行。梢绘停下了正要往杯中倒白兰地的手。自己竟得意忘形地喝醉了，说不定会出洋相。在双侣面前必须注意……梢绘意识到自己居然这么想，不由得愣住了。

"但如果像矢集小姐说的那样，这种做法明显更自然对吧？实际上，一礼比小姐之外的几个人是的确按照二之后三，三之后四的顺序排列的。为什么应该是第一个的人排到了最后呢？"

"这个嘛，"亚李沙对此似乎也有巧妙的解释，她露出了笑容，像是在等着有人这么问似的。"恐怕修多罗的假说是对的。"

"欸，我的？"名字突然被提，修多罗有些愣住了。"你是说……哪个，哪个部分？"

"就是架谷耕次郎为口羽公彦提供'净穴公寓'作藏身之处那里。总之，我认为就是这样。由于情人节以无奈的失败而告终，口羽公彦难以克制平日积累的怨恨，情绪爆发后离家出走。但他毕竟还是个孩子，不知道该去哪里。他漫无目的地在喧闹的街道上徘徊时，被有那种嗜好的人盯上了，尽管自己并没有那方面的兴趣。那个人就是架谷耕次郎。"

"请等一下。你是说两人是偶然相识吗？"

"我认为是这样。说不定口羽公彦是在架谷耕次郎的强迫下发生的肉体关系。虽然不情愿，但他离家出走，已经无法回到原来的生活中。因为一个偶然的机会，他发现这个叫作架谷的包养了自己的男人，曾经往当地报纸投过稿并被采用了。"

"这件事他是怎么知道的？"

"当然是架谷手上有刊登了投稿的报纸，并将其做成了剪报。如果自己的文章被刊登，一般人都会保存下来吧？"

被亚李沙这么一问，梢绘点了点头。她也好好保存着那张刊登自己投稿的报纸，不过搬家时将它留在了老家。

"从那之后，口羽公彦对架谷的看法改变了。他强烈感受到世间的不公。他内心积压的不满使他想到了一个极端的计划，那就是随机挑选一些文章被当地报纸读者版块采用过的人杀掉，包括这个喜好男色的医生在内。接着他去图书馆，查阅了过去当地报纸的读者版块，选出了合适的目标。在查阅过程中，如同刚才所说的那样，他又用一礼比小姐替换掉了原定目标中的一人。就这样，他定下了只有自己才明白的法则，最初他打算从一礼比小姐开始按顺序一个个杀掉，可就在这时，由于某个突发情况，他的原定计划被打乱了。"

"突发情况是指什么？"

"具体细节我也不清楚，估计是他和金主架谷之间发生了某种决定性的冲突。本来就无法确定口羽公彦有多大程度的同性恋倾向。假如真像我说的那样，因为情人节受挫导致离家出走，那他应该更倾向于异性恋才对。因此，他与架谷的关系可以判断为口羽公彦以忍受身体被蹂躏为代价换取衣食住行的保障。"

"也就是说，这种关系是在本人不情愿的情况下进行的鸡奸。话说回来，"修多罗把双臂抱在胸前望向天花板，"据少年当作藏身之处的'净穴公寓'五〇五号房周围的居民讲，有时会听到房间传出的剧烈声响，以至于让人怀疑是不是发生了暴力案件。看来真是强迫啊。"

"不错。平日里，少年就对架谷怀有强烈的恨意，某种情况的发生让他的憎恨一下子爆发了。可能是被强迫进行耻辱的性行为，也可能只是矛盾愈演愈烈导致，这点我们无法确定。总之，口羽公彦对架谷再也无法忍受了，他忘了自己最初打算从一礼比小姐开始按顺序杀人，第一个杀死了架谷——事情肯定是这样的。"

"不好意思，我想问一句，"双侣略显抱歉般地插话道，"按照矢集老师的说法，口羽公彦纯粹是根据报纸投稿随机选出了四名被害人——是这样吧？"

"这还用说。所以他连寸八寸义文是不是秃头这种基本情况都不知道。"

"但是，如果这样，"双侣用手指着四张订一起的复印件的第一张，"那就有点奇怪了。大家看这里。"

"你是说一礼比小姐的投稿吗？"亚李沙满脸疑惑地皱起眉头，"这有什么问题？"

"不是内容有问题。文章末尾写着一礼比小姐的姓名和住址。这个住址，大家看——"

"欸？哎呀！"

亚李沙突然发出奇怪叫声，看样子她并未注意到这点。那里没有写着"福特公寓"。"一礼比梢绘"后面写着的住址是"'山毛榉公寓'四〇五号房"。

"是的。"梢绘本想就这么沉默下去,可事已至此,只能勉强答道,"这篇文章是在一九九六年九月发表的。当时,我住在别的公寓。"

"别的公寓?是指这个吗?"

"没错,是'山毛榉公寓'。大学毕业后,刚上班那段时间住在父母那里。在父母家住了一段时间后,想要一个人住,就搬到了那里。但是,在那个公寓里面,怎么说呢……遇到了很多麻烦事,于是就搬到了案发地'福特公寓'。"

"那么,"似乎预感到这一事实将彻底推翻自己的假说,亚李沙责问梢绘,"你是什么时候搬走的?"

"那个,在第二年的——"梢绘不想讲得太详细,故意含糊其辞,"好像是二月份左右吧。"

"但是,你不是在那年六月份搬进'福特公寓'的吗?"

居然连这个都知道,梢绘不禁感到厌烦,但隐瞒下去也不是办法,得在安全范围内说一下。

"嗯。搬出'山毛榉公寓'后,我没有找到合适的住处,而且还发生了很多事情,所以从二月到六月之间我一直暂住在父母家。"

但是,事实并非如此。当初,自己想要搬到"山毛榉公寓"独居时,父母就老大不高兴。强行从家中搬出去住,梢绘有些内疚,所以她在找到新住所"福特公寓"之前,没有告诉家人自己从"山毛榉公寓"搬了出来。

那么,在搬进"福特公寓"前的几个月内,梢绘住在哪里呢?其实她暂住在某个男人那里,但她不想坦白这件事。假如是因为对那个男人抱有好感或爱着他才同他住在一起的话,梢绘也许就不会觉得后悔了。但事实却恰恰相反,自己只是在利用那个男人。那是自己人生的污点，现在一点都不想回忆起那件事。

梢绘不想亲口讲述的那段过去，至少双侣在场的时候绝对……自己怎么会这么想呢？梢绘觉得自己好滑稽。如果能隐瞒的话绝对要隐瞒下来。不，说不定这时说出来反倒更好呢。

不要傻乎乎地留着秘密或许才是上策。是的，至少身心轻松。从"山毛榉公寓"搬走时，梢绘无论如何都没法对父母坦白。他们要是知道自己遇到了麻烦事，肯定会数落自己"不听老人言……"并把自己带回家。这结果梢绘猜都能猜到。梢绘才刚刚开始心心念念的独居生活，她绝对要避免这种情况的发生。然而那时，正因为有了这个秘密，自己之后的人生——包括搬到"福特公寓"这件事——明显全乱了套。

索性全都说出来吧，梢绘忍不住冒出这个念头。就在这里，在双侣的面前，把一切都说出来吧。从"山毛榉公寓"搬出到搬入"福特公寓"的那段时间，其实自己住在某个男人那里。听到自己说得这么直白，双侣会蔑视自己是个水性杨花的轻浮女人吧。即便如此也无所谓。不如干脆让他远离自己，这样还比较轻松。梢绘陷入了这种自虐似的冲动之中。

就在梢绘自暴自弃地想要说出事实的时候——"我有一个问题想问一问一礼比小姐——"双侣问道，"你经常给报纸的读者版块投稿吗？"

"嗯，嗯……我，"梢绘勉强咽下刚到嘴边的话，她按住心跳不已的胸口调整呼吸，"自己都不好意思讲，其实我是所谓的投稿狂，准确地说，我曾经是个投稿狂。现在热情已经退去了一些——"

"被杂志或报纸实际采用过好几次吗？"

"没有。让大家见笑了，刊登出来的只有——"她指向装订好的复印件，"只有那一次。"

"换句话说，也就是口羽公彦只有看到刊登在当地报纸上的这篇投稿，才有机会得知一礼比小姐的个人信息，对吧？"

被双侣这么一提醒，梢绘想了一会儿。其实根本没必要思考什么了。自己的文章以一礼比梢绘这个名字刊登在公众媒体上，前前后后只有在当地报纸读者版块这一次。

"对，没错。"

"但……但是，他，"亚李沙意犹未尽一般，越说越起劲，"说不定他调查到一礼比小姐的新家地址，然后追杀了过去。"

"这有些牵强吧，矢集老师。根据老师您的看法，口羽公彦并没有对某个特定的被害人怀有杀意。就在知道一礼比小姐不住在那个地方的那一刻，他就该放弃她，从其他投稿人中选择目标才对。仅仅如此。"

双侣说得没错，亚李沙无法反驳，随即轻声说道："……确实如此。"她已无话可说。

"也就是说，就算口羽公彦以某种标准挑选被害人，那也不会是报纸的读者版块，而是另有标准。应该这样才对。"

第八章　误

"——不对。双侣,稍等一下。"听到有人反驳,梢绘吃了一惊。一看,原来是丁部泰典。"确实如你所言,但另一方面,"他用手指着那四张订在一起的复印件,"四名被害人都向报纸读者版块投稿这一共通点是无可争议的事实,这点不能忽视。"

的确如此,梢绘想。口羽公彦杀人计划名单中的四个人,投稿全都被当地报纸的读者版块采用过,很难想象这只是偶然现象。当然,也不能说这种偶然绝对不可能发生,但发生的概率肯定很低。由此可见,这个情况跟案件还是有某种关联的。

"这个,"双侣似乎也有同感,他停顿一会儿,"这样啊,但是——"

"暂时别急于下结论。假如读者版块是四名被害人的共同点,那么这又与案件整体以何种形式相关联,我觉得最好朝着这个方向稍稍验证一下。如何?"

"我也有同感。丁部先生有什么具体的想法吗?"

"嗯。有一点,我们试着这样假设一下怎么样?口羽公彦真正的目标只有一礼比小姐一人。"

"欸?"

梢绘惊呆了。为什么只有我?首先,如果是这么假定的话,刚才泉馆弓子提出类似的假说后，不是已经被完全否定了吗？

"但是，由于某种原因，口羽公彦判断只杀掉一礼比小姐会对自己不利，就犹豫起来。此时，他刚好知道了一礼比小姐的投稿被报纸的读者版块刊登过，于是心生一计，那就是只挑选投稿被采用过的人，使用同样的作案手法把他们一起杀掉。这样一来搜查人员也会注意到他们的共同点。结果，真正的目标被混入连环无差别杀人案中，自己的真实目的由此也得到了掩盖。这就是修多罗先生说过的用 Missing Link 的方式进行伪装。"

"但是。丁部先生，我明白你的意思，不过——"

修多罗似乎也想说，这和弓子刚刚发表的观点一样，已经在逻辑上被否定了。丁部好像意识到了这点，他抬起手打断了修多罗。

"不，请等一下。刚刚泉馆老师确实提出过类似看法，而且基本被否定了。但我要说的，和那个看法稍有不同。让我从头说好吗？"

"当然可以，请说！"

双侣点了点头，仿佛发出了一个信号，亚李沙随即回到座位坐了下来。她刚刚好像一直忍着没喝酒，现在可能觉得自己的任务已经完成，又开了一瓶红酒倒入怀中。她的表情颇有些不爽。虽然自己的推理并未被完全推翻，可也不知道有多正确。她此时似乎心有不甘，忐忑不安。喝酒的速度都加快了。

"我——"丁部咳了一声，似乎不打算像修多罗和亚李沙那样站起来一边来回走一边说，"口羽公彦盯上一礼比小姐这一特定的人，我这么想是有切实依据的。"

"欸？"

所有人的视线不约而同地集中在了梢绘身上。大家苦苦思索,也想不出依据究竟是什么,梢绘有点着急,但她特别在意丁部接下来要说什么。

修多罗也有些躁动不安:"你所说的依据是什么?"

"不是别的,而是刚刚提到的,她搬家这件事。"

"啊……搬家?"

丁部打算怎样展开自己的推论呢,完全猜不到他接下来要说什么。大家满脸狐疑。当然,梢绘也猜不出,他从自己搬家这件事能做出怎样的推理呢?

"一礼比小姐,"丁部看着梢绘,又咳了一声,"你刚才说过,搬到'福特公寓'之前住在'山毛榉公寓',你是一九九七年二月从那里搬走的吧。关于搬家的原因,您说发生了一些纠纷,就这么模糊地一句带过了。十分抱歉!我的推测可能触及到了您的隐私,但原因是不是与士坚亮先生的死有关呢?"

原来他知道啊……梢绘终于死心了。她本不希望有人提到士坚亮的名字,尤其是在双侣面前。但既然已经说到这里,就不可能一直隐瞒下去了。而且四年前,也是梢绘本人请求警方详细调查士坚的死亡事故的。曾任县警的丁部知道这件事也毫不奇怪。

但是,他明明逞强地说过今晚要做一名听众啊。看来他只是不舍得一下抛出自己的筹码,真是个叫人不敢大意的老狐狸。梢绘这么想着,突然又灵机一动:等等,或许就像丁部刚开始说的那样,他可能今晚打算什么也不说。尽管他知道士坚亮的事,但尚未形成自己的观点,不过就在刚才,他的观点成型了,说不定情况就这么简单。也可能是从亚李沙"被害人的共同点——当地报纸读者版块"这一观点中得到了什么启发吧。

那丁部将如何拓展亚李沙的假说呢?梢绘突然来了兴趣,

但想要知道这个就必须由她亲口先说出士坚亮的事。

"是的……也可以这么说,"梢绘发现自己正下意识地将视线从双侣身上移开,她不禁感到悲哀,"那就先说说我为什么要搬家吧。"她克制住自己的怯懦,毅然决然地——至少她本人这么认为——看向双侣,"能让我说一下吗?"

"请便。说一下的话,"丁部靠着椅子环视四周,"大家更容易理解。"

"就像刚才所说的那样,我这篇被读者版块采用的投稿是一九九六年刊登的,当时我住在'山毛榉公寓'。但是,不知从什么时候开始——我记得大概是那年年底开始——总有无声电话打来,或者有可疑的邮件寄到我家。"

"可疑的邮件是……"修多罗用审视眼光来回看着梢绘和丁部,"是信吗?"

"嗯,装在信封里的信。上面用潦草的字写着:我知道你的秘密,不想公之于众的话,就要对我言听计从,等等。信的内容都是在威胁我,却没有具体写出秘密是什么。"

一想起这件事梢绘就火大。虽然至今不知道寄信人的真实身份,但那个人就像一只在远处叫唤的丧家犬一样,只会在纸面上嚣张。如今已经记不清具体的措辞了,但每次都一根筋儿似的反复强调着同一个意思。作为恐吓信,水平实在太低。梢绘判断,这是个没能耐的家伙,只会这么虚张声势,肯定干不出什么惊天动地的坏事。梢绘觉得那个人可恨,却一点不可怕——至少当时这么认为。

无声电话恐怕也是寄信者干的吧。梢绘接起电话对方却什么都不说,只能听到低沉的呼吸声。呼吸的频率稀稀拉拉,仿佛如实展现了对方自卑的性格。梢绘也以无声回敬他,但同时对这个人嗤之以鼻，至少当时如此——现在得加以说明。"

"我想不出自己有什么见不得人的秘密，感觉他就是在虚张声势，所以一直采取无视的态度。对付无声电话也是，睡觉时候就把电话线拔掉。那段时间也没专门去找警察。"

"那段时间？那是——"修多罗探出身子问道，但亚李沙用眼神制止了他。

"我偶尔会跟刚刚提到的那位士坚亮简单地说一下，最近接到了奇怪的电话和信，真没办法……不过也谈不上是商量。"

这么一说，梢绘就记起了那些伤心过往。士坚对那些无声电话和信件比梢绘本人还要担心。他甚至提议，不如更换电话号码，或者干脆狠下心搬家。但是，好强的梢绘当时觉得这样做并不能解决根本问题，没有听士坚的话。

"年初，无声电话和匿名信一下子都没有了。我以为是持续的无视奏效了，便放下心来。"是的，梢绘觉得自己的方法果然见效了，当时还有些自豪。"我很快就忘了这件讨厌的事，但是——"

"那位士坚先生是——"刚才还指责修多罗的亚李沙此时两眼放光，"追问了你的私事，抱歉！但他和一礼比小姐是什么关系，男朋友吗？"

"嗯……是的。"

不料梢绘陷入了沉思。被人重新这么一问，她才意识到自己并不清楚士坚对自己意味着什么。当时两人还没有交往那么深，但自己确实已经开始在精神上依赖他了。不然，自己也不会跟他说无声电话和信件的事，而且……而且，那个晚上，自己也不会打电话给他。

"是的，算是男朋友吧。"梢绘意识到自己沉默了好久，慌忙解释道,"嗯,是的,我觉得这样说比较合适。"

"你们交往的时间长吗?"

"不。那年,也就是一九九六年刚刚认识。放假时我和几名女性朋友结伴去台湾旅游,在那里和一个全由年轻男士构成的日本旅行团很玩得来。士坚就是其中一人。当时,他比我大差不多三岁,年近三十。大家一起开心地在当地游玩,我俩并没有特意单独交流。但在分别时,我和他悄悄交换了联系方式——"

现在回想起来,梢绘不禁佩服自己的勇敢。如果在平时,梢绘是不会随便把个人信息告诉别人的,但可能因为那段时间刚刚开始独居,梢绘沉醉在了解脱感中。

"所以,你们各自回国后就开始正式交往了对吧?"

"对,是士坚先联系我的。他是个普通的销售员,我也是个普通白领,就连这点都很接近。后来,只要时间合适,我们就会一起去看看电影或戏剧,或者去喝喝酒,关系变得亲密起来。"

"你们这算是在恋爱吗?"

"不知道他是怎么想的,至少我这么认为。怎么说才好呢?我对他的感情开始超越了好感。可就在那个节骨眼上,那天晚上……"

梢绘的声音不知不觉变小了,她一时不知该如何解释。"恋谜会"的所有成员都沉默地注视着她。其中也有人掩饰不住脸上的好奇,但梢绘并不觉得讨厌。她只是担心自己能不能冷静地讲到最后,毕竟双侣就在眼前。

"那件事发生在一天晚上,八点左右。那天是星期六,但突然有个任务要加班。结束预料之外的加班后,我回到了'山毛榉公寓'。当时还没吃饭,我就往士坚家打了个电话,如果方便就约他一起喝一杯。没想到竟会变得……"

修多罗又探出了身子,但这次亚李沙没有制止他,他很自觉地没插话。

"他开心地说'好啊,我现在就去接你',说完便来了我家。大约是八点半的时候吧,我们一起步行去我家附近的小饭店。走到人行道前时,红灯亮了,我停住了脚步。可是他……士坚他,突然——"

士坚当时被疾驰而来的车辆撞飞的声音仿佛又在耳畔响起,梢绘沉默了,脊背在颤抖。

"我听到了惨叫声,那叫声简直不像人发出的。我不知道究竟是他的声音还是我的。总之,等我回过神时,士坚已经被车撞飞,倒在了车道上。那时我整个人都蒙了,只是茫然地看着司机从车上下来,叫来了救护车……可是……"

梢绘发出一声长叹,叹息声长到让她都不敢相信是自己发出的。

"他被送往医院后停止了呼吸。"

"究竟……"修多罗怯生生地问道,"发生了什么事?"

"我完全不知道发生了什么。士坚是个非常认真的人,绝对不会闯红灯,也不可能是他看错了。但过了一会儿,我脑海里闪出一个可怕的想法……莫非他是被谁推出去的。因为当时,我想起了之前那些无声电话和可疑的信。"

"你把这些都告诉警察了吗?"

"我跟警察说了。但警方从一开始就把这件事当成了事故或自杀,我实在无法接受。说是事故,可现场找不到一个让人会不小心绊倒的障碍物,他也没道理自己突然冲向车道。所以我拼命告诉警方——士坚会不会是被谁推出去的，会不会就是那个之前反复给我打无声电话、寄奇怪信件的人干的？"

"警察是什么反应？"

"照实说，他们没把我的话当回事。"每次回想起警察当时的冷漠态度，梢绘都觉得好无助。但是——"不，公平点儿讲，他们这么做也不是没有道理。因为我早就把那些关键的可疑信件全部处理掉了，没有留下任何证据。更重要的是，从士坚遗体中检测出大量酒精，这成了决定性的证据。"

"欸，稍等一下。"可能这个话题太敏感，大家都在尽量回避，只有修多罗充当起了提问的角色。"但他遭遇车祸时，是要和你一起去喝酒吧？"

"其实，士坚那晚接到我电话时似乎已经吃过饭了。我后来才知道，他之前好像招待了某个客户。接到我的电话时，他刚好才到家。"

"不过，你说过那时是晚上八点左右吧？刚入夜招待客户就结束，感觉有些早啊。"

"这也是我后来才知道的事。士坚前一天晚上忙于工作，几乎没睡。好在对方因为有事提前结束了招待。他想立刻回家休息。正好这时，我打来了电话。事情的经过就是这样。现在想来，再出门可能会让他吃不消。不，肯定吃不消。但他丝毫没有表露出来，我也完全没有发现……"

不，其实这也是谎言。梢绘被难以说出真相的罪恶感刺痛了。在电话里听到士坚的声音，以及他赶来公寓后两人见面的时候，梢绘就看出来士坚已经吃过饭准备睡觉了，身上有酒味，很疲惫。但是……

但是，梢绘没能告诉他，谢谢你今晚来这里，你看起来很累,快回去休息吧——梢绘没能说出口,也不想这么说。黑夜让她有些害怕,她想和他在一起。

自己做了对不起他的事……梢绘深深后悔着。那晚,自己不该因为害怕独自在家就随便联系士坚。如果梢绘没有强行把他叫出来,他可能也不至于丢掉性命。但是,事到如今,再后悔也已经晚了。已经无法挽回了,士坚不可能再回来了。

梢绘突然想到不知不觉间自己已经超过了他去世时的年龄,这让她不禁愕然。一阵虚无感从心中升起。记忆中的士坚永远都是三十岁的模样,而自己将不断老去。残酷的事实甚至让她感到畏惧。

"士坚当时醉得厉害,失去了平衡。"梢绘强忍住从内心涌出的刻骨铭心般的激烈情感,平淡地继续说道,"换作平时可能只会踉跄两下,但那天就此倒在了路上——警察做出了这样的结论。"

"一礼比小姐肯定无法接受这个结论吧?"

"我怎么都接受不了。虽然请求警察进行深入调查,但他们没有听从我的意见。"

"那也不是没有道理。"丁部用手肘支撑着身体扭动了一下上半身,搞得椅子吱呀作响,"就算您说受害者可能是被谁推出去的,警察也无可奈何。现场没有任何人看到可疑的人或事。一礼比小姐,这个您也知道,您本人也没看到什么。"

正是如此。当时听取情况的警察也问过自己——如果你非要这么说,那你在现场看到什么可疑的人了吗?梢绘只能回答没有。实际也是如此,这让人很无奈,她甚至想过干脆编造出一个人好了。当然,这样做无论对她还是对士坚而言,都不会产生好的结果,所以她没有这么做。梢绘现在切身感受到,好在那时自己维持着起码的理智。

"撞死士坚亮的司机也接受了警方的问讯。他说现场路灯很少，看不清路况，加上被害人穿着黑色衣服，在和车辆发生碰撞前自己没有看到他。不过，当时感觉被害人不像是被谁推出去的，看样子是绊在什么上面似的踉跄着倒下的。这是司机的证词。"

但是，梢绘觉得，不能就凭着司机的证词就断定士坚不是被推出去的吧。毕竟他当时醉得厉害，脚步不稳，从背后轻轻一推就能让他失去平衡向前摔去，这在司机看来就像是被什么绊倒了一样。但是，再继续纠缠这个问题也没什么意义。

"就这样，士坚的死亡最后被当作事故处理了。但是——"梢绘停下来，考虑接下来如何措辞，内心却在小心翼翼地寻找漏洞。"我变得非常恐惧。因为……因为害怕那个可能杀了他的人说不定什么时候还会再来'山毛榉公寓'。我得逃离这里，马上逃走。我这么决定。这么说或许冷酷无情，但人死不能复生。我想尽快忘记士坚，尽快转换心情，于是，我从这个公寓搬到了别的公——不，老家，对，搬回了老家。暂时。"

重复幼稚的谎言不会让人痛苦，这话是假的。无论如何，总算把和士坚之间发生的事说完了。梢绘松了一口气。她提心吊胆地窥视着双侣的表情。双侣一动不动地凝视着她所在的方向。他的眼神一如既往地温暖宁静，梢绘放下了心。虽然其中混杂着些许虚构成分，但还是借此机会将淤积在内心深处的东西大致倾泻了出来。

"但是……"刚刚放下重担，梢绘又想起了别的事情，"嗯，丁部先生，虽然没有目击证人，但士坚可能是被谁推出去的。您是这么想的吧，对吧？"

如果不是这样，那就没有必要特意提起士坚。丁部果然沉默着点了点头。

"等一下。莫非是那个少年干的？"凡河看向丁部，表情有些僵硬，"五年前，不对，说是刚刚过完年，那应该是四年前，将一礼比小姐的恋人推到车道，导致他被撞死的人可能是口羽公彦，是吗？"

"可能真是那样，我也突然这么觉得。"丁部严肃地看向在场的每一个人，凝重的表情里隐约透着些许得意，"只是，口羽公彦并不想杀士坚亮，他真正想杀的是一礼比小姐。我是这么认为的。口羽担心被两人发现，特别小心地跟在两人身后，结果在紧张中失了手，错误地将一礼比小姐身旁的士坚亮推了出去。"

"可是，您怎么突然这么想？"丁部从意想不到的角度提出了自己的观点，这让亚李沙一下兴奋起来。"而且，丁部先生您说过今晚只做旁听者的，啊，我这么说没有讽刺的意思哟，绝对没有。"

"是我太大意了。"丁部朝亚李沙笑了笑，又恢复了严肃的表情，"本来完全忘掉的一件事，听了大家的谈话，一下又想起来了。"

"什么？"

"士坚亮的那个奇怪车祸发生的日期。"

"日期？"

"一礼比小姐。"他缓缓地向上翻着眼珠，朝梢绘的方向探出了身子，"您一定记得吧，那个日期？"

"嗯，嗯……是的。"没想到，梢绘有些惊慌。没想到有人用这种方式将两起事件联系在了一起。梢绘结结巴巴地说道：

"不过，难道……难道，那么……"

"我认为这并非巧合。"

"到底是怎么回事？"修多罗着急地抖着腿，"这位叫士坚的先生是什么时候去世的？难道那个日期有什么特别的意义吗？"

"这个啊——"丁部朝梢绘看了一眼，像是在跟梢绘确认自己是否可以说出这件事，接着他一字一顿地郑重说道，"他被撞身亡那天是一九九七年的二月十五日。"

"二月十五日。"

"正是。说到这里，大家应该明白了吧？"

丁部缓缓看向四周，表情一本正经却又透着些许得意。大家应该都明白他想说什么，但没人立刻回应。

"莫非……"总算有人开口了，弓子咕哝道，"和口羽公彦失踪是同一天，对吗？"

"是的，正是如此。"丁部表情依旧，但可能因为兴奋，眼睛瞪得很大，"这会是纯粹的偶然吗？不，不可能。怎么可能会这么巧呢。"

"不过，假如不是碰巧的话，那究竟有什么意思呢？"

"少年的失踪和士坚亮死于车祸当然有着重大的联系。就像我刚才所说的那样，口羽公彦本想杀死一礼比小姐，结果误杀了士坚先生。"

"你怎么这么确定呢？"丁部眨眨眼，一下没反应过来。弓子又耐心地问了一次："也就是说，你有什么证据可以证明，一九九七年二月十五日那天，没能杀掉一礼比小姐却误杀了士坚的人，假如真有这个人的话，就是口羽公彦呢？"

"因为，在那之前一直往一礼比小姐所住的'山毛榉公寓'

打无声电话、寄送可疑信件的人实际上也是口羽公彦。"

"欸？"

啊，怎么一直都没想到有这种可能呢？梢绘暗想。的确，从时间上判断，那些无声电话和恐吓信很有可能是口羽公彦干的。自己早该发觉啊，太大意了。不对，等等，但是。

那些令人讨厌的信件上的字迹，是口羽公彦写的吗？已经是五年前的事了，梢绘也记不清了，但总感觉不太一样。比如，修多罗刚刚发的、写在软皮抄上的那篇《不幸的资本》的复印件，一看就知道绝对是口羽公彦写的。那个和学生手册上的笔迹相同，这点连外行都能看出来。换句话说，少年的笔迹很有特点，那是一种让人看着不舒服，容易令人产生不快的字迹。

寄到"山毛榉公寓"那些信上的字虽不算好，但也不像口羽公彦学生手册上的字那么有特点，令人印象深刻。当然，梢绘一封恐吓信也没留下，因此无法比较两者，她只能先保留意见。

"一礼比小姐完全不认识这个少年吧。"丁部用眼角扫视了一下梢绘继续说道，"口羽公彦在之前就盯上了她，一直在等加害她的机会。当然，他是想要杀了她。"

"就算是这样，"可能因为梢绘是凶手唯一的目标这种说法和自己的观点不谋而合，抑或是白兰地的作用，弓子表情活泼地加入到了讨论中来，"可到底为了什么呢？"

"关于犯罪动机，容我稍后再谈。少年相当憎恨一礼比小姐，可这也是他单方面的恨意，一礼比小姐本人完全没有察觉。总之，那份杀意日益浓烈，但口羽公彦不想一下子杀掉她。他企图先用无声电话和恐吓信吓唬她，然后再去取她性命。"

看他如此自信地断言，梢绘也觉得好像就是那么回事儿。至少她从恐吓信的行文和无声电话里的呼吸声中听出了胆小鬼特有的卑劣,而这与口羽公彦给人的印象确实吻合。

"但是,孰料少年未能如愿以偿。根据一礼比小姐刚刚所说的,他的骚扰——当然是在士坚亮先生车祸死亡之前——没能奏效,一礼比小姐在精神方面并未受任何影响和打击。口羽公彦察觉到这点后非常焦躁,他急切地想要办成这件事情。于是就在那一天,少年停止了之前那种小打小闹,决心杀死一礼比小姐。那天就是四年前的二月十五日。话说回来——"

丁部可能是那种话一说多就会得意忘形的人,只见他人虽然还在椅子上坐着,但双脚已经上了椅子,两腿叉开,整个人靠着膝盖,坐姿虽然有些失态,但眼神锐利,来回瞪着众人。

"为什么专门挑那天杀人呢?这其中有特定的原因,而且和少年的动机密切相关。"

"此话怎讲?"弓子似乎也找回了自己的节奏,悠闲地靠着椅背,高高翘起穿着黑色西裤的腿,"什么动机?"

"这点我也稍后详细解释,但有一点可以肯定,就像矢集老师刚刚指出的那样,前一天是情人节,这点非常重要。在我看来,在前一天的二月十四日,口羽公彦恐怕在学校和多名女生发生了冲突,这也成了他作案的间接原因。"

弓子似乎还想追问什么,歪着脑袋来回看着亚李沙和丁部。丁部毫不在意地继续保持着随意的坐姿。

"具体情况将会一一判明。总之,二月十五日,口羽公彦决定杀掉一礼比小姐。他最后一次被二弟看到后就离家去了'山毛榉公寓'。当然,他是为了伏击一礼比小姐。少年确认她回到家中之后,过了一会儿,又开始尾随与刚来公寓的士坚先生一起出门的一礼比小姐。他想伺机寻找杀死一礼比小姐的机会。很快,他等到了两人一起等红绿灯的绝好时机。然而,可能因为太紧张了吧，少年一不小心将旁边的士坚亮先生推了出去。"

弓子抱起手臂凝视着丁部，看似在聚精会神地听着。

"当然，口羽公彦并非天生的冷血杀人魔。误杀完全不相干的人让他很受打击，由于在精神上无法接受这点，少年就此失踪。这是我的看法。"

弓子不时地缓缓收一下下巴，看似在点头。姑且不说她是否赞成丁部的看法，但看得出她挺佩服丁部的推论。

"接下来，我来谈谈作案的关键——动机。可能没有必要再次说明，但我还是想强调一下，口羽公彦此前和一礼比小姐并没有直接接触过，大概只是从远处看到过一礼比小姐的长相，两人可以说素不相识。那口羽公彦为什么恨她恨得想要杀掉她呢？动机恐怕是——"丁部拿起亚李沙刚刚分发的四张装订好的复印件，"一礼比小姐的这篇投稿吧。"

"啊？"

何止惊讶，梢绘整个人都愣住了。这篇投稿？这是怎么回事？为什么这种无害无益的文章会成为杀人未遂的动机呢？

不止梢绘一个人对此困惑，连提供复印件的亚李沙也掩饰不住自己的疑惑。然而丁部毫不退缩，他第一次从座位上站起来，把梢绘的投稿高举到自己眼前。

"我来详细解释一下是怎么回事吧。一礼比小姐的投稿中出现了一群撞倒拄拐杖老婆婆的初中或高中生。这便是重点。"

"你是说——"

"实际上，口羽公彦就混在这群人中。"

"等、等一等。"梢绘实在难以接受这种说法，大叫一声，声音大得把自己都吓到了，"你怎么会这么想呢？我什么都不记得了……不，不对，本来吧，光凭这篇文章不可能断定那群人里有什么样的人啊。而且，我都分不清他们到底是初中生还是高中生，尤其是我也没有提到校服这些外部特征啊。"

"对。嗯，没错。"丁部毫不紧张，好像更为梢绘的反应感到开心似的，"但是，口羽公彦认为这篇投稿写的是他。"

梢绘被丁部过于自信的气势压倒了。尽管她知道这不可能，还是开口问道："这是怎么回事？"

"其实呢，为了参加今晚的案件讨论会，上周我去见了口羽公彦曾经就读的浴水高中的毕业生，听他们说了很多。"丁部站起来后，也开始在客厅里一边踱步一边讲述，"我从他们那里听到了很多信息，其中有件事格外有意思。那是发生在四年前案发时的一个小插曲，口羽公彦当时正遭到同年级所有女生的排斥。"

"你是说他成了万人嫌吗？"弓子先看看亚李沙，又看了看梢绘，"他做了什么让女生讨厌的事，或说了什么让人讨厌的话吗？"

"其实我也不知道具体原因。毕竟已是四年前的事了，大家只是感觉好像有过这么一回事。"

"口羽公彦究竟为什么遭到了女生的排斥呢？"

"据说他性格冷漠，对女生毫不谦让，因此成了女性之敌，几乎遭到了所有女生的讨厌。"

"女性之敌呀，"可能觉得这是自己的专业领域吧，弓子眼神中充满热情，好似想强调这是问题的关键，"口羽公彦是怎么回应这种批评的呢？"

"据某个男性毕业生所说，他一步也不肯退让，给人感觉很幼稚。"

"看来双方对立很激烈啊。不过，您不知道原因吗？"

"具体不太清楚。但是，引起矛盾的直接原因相当有意思，据说是当地报纸读者版块刊登的一篇投稿。"

弓子与亚李沙看向彼此。

"不过，这已经是很久之前的事了，好像没人记得那篇投稿的具体内容。至少在我的调查范围内如此。而且，我觉得这件事虽然有意思，但应该与备受关注的连环无差别杀人杀伤事件没什么关系。我当时也没细想，只是觉得要是被害人中有口羽公彦同年级的女孩，就得另当别论。想着被女生讨厌也不是什么大不了的事，就没有进一步追查投稿内容，以及口羽公彦与盯着投稿不放的女生产生对立的事。今晚来到这里，发现矢集老师拿出的不就是投稿嘛，便突然想起这件事来。"

原来如此。大家似乎终于认可了他的说法。怪不得丁部看到亚李沙分发的复印件时那么惊讶。

"大家都明白了吧。口羽公彦和女生产生对立不是因为别的，正是因为一礼比小姐的这篇投稿。某个同学在报纸上读到这篇文章，说出了撞倒腿脚不便的老婆婆还无动于衷的人就是口羽公彦。转眼间班级里就传开了这件事。当然，投稿涉及了好几名学生，但在传播过程中，这件事就被篡改成了口羽公彦在那群人中是头号人物呀，其实就是他一个人干的呀，等等。毕竟他身材高大，在人群中特别醒目。"

"不过，我总觉得他与'女性之敌'这个词给人的印象有些微妙的不同。"弓子歪着头，"跌倒的老婆婆确实是位女性。但因为这个情况就批评他为女性之敌吗？关键是她们才只是女高中生，会因为这个就如此攻击对方吗？"

"不是因为那篇投稿的内容才说他是女性之敌，而是在二者矛盾不断激化的过程中出现了这个称呼。我刚刚也说过，口羽公彦对那些站在道德制高点上攻击自己的女生寸步不让,举止非常幼稚,他甚至还口出狂言,说过一些含有性别歧视意味的话。"

"哦,原来如此。所以,少年最后从一个过分的男生升级成了女性之敌。不,不是升级,应该说是降级。这么解释你们能接受吗?"

"口羽公彦和女生对立的同时,也憎恨着造成这种局面的一礼比小姐。他找到那份报纸,查出了投稿者的姓名和住址,然后开始用无声电话与恐吓信等方式进行一系列的骚扰。"

梢绘十分茫然。没想到,真的……真的是投稿惹的祸吗?就因为这篇胡扯八道的文章吗?口羽公彦读了它之后就想对付我了?他真的……真的读了这篇文章吗?

"然而,如刚才所说,一礼比小姐没有他预想的那样恐惧。口羽公彦对一礼比小姐的憎恨越发强烈,他最终打算在四年前的二月十五日杀掉她。误杀毫不相干的人让他精神负担很重,他因此离家出走。最初他也因有罪恶感而认真考虑过自杀,但最终放弃了。某次相遇使少年的命运发生了改变。"

"相遇,和谁?"

"不好意思,顺便借用一下大家的推论。口羽公彦之所以放弃了自杀的打算,是因为碰巧被一个名叫架谷耕次郎的男人捡了回去。"

"这么说,丁部先生也赞成架谷耕次郎是口羽公彦的金主这个说法吗?"

"少年的遗留物品——牛仔裤和篮球鞋是在架谷的隐蔽住所里被发现的,这一点不容忽视。虽然有人认为那是伪装,但我觉得可以解释得直白一些,那就是口羽公彦被架谷包养在'净穴公寓'里。在隐居生活期间，少年突然发现架谷也是个投稿狂。这成了一个导火线，自此开始，少年对这个金主的看法彻底改变了，逐渐产生了杀意。这个经过也完全借用了矢集老师刚刚的假说。"

"你是说因为嫉妒投稿被采用的人，从而起了杀心吗？"弓子看似不太认同这点，"文字创作者的善妒与自卑心理有时的确会化作可怕的过激言行，这点我很赞同，但就算他的性格再冲动，也不会因此就想杀人吧。"

"正常情况下可能不会发生这种过激行为，但老师您忘了吗，口羽公彦把士坚亮当成一礼比小姐，错杀了一个毫无干系的人，因此自暴自弃。既然已经如此，杀一个人和杀两个人就没什么不同了。"

听丁部这么说，梢绘一下浑身发冷。杀一个人和杀两个人没什么不同……内心的恐惧与生理性的恶心交织在一起，让梢绘想要呕吐，她的大脑瞬间一片空白。等回过神来，梢绘灌了一大口刚刚忍着不喝的白兰地，眼底发麻。

"口羽公彦决定杀掉架谷，便在学生手册上添上了他的名字。既然如此，干脆用这双手多杀几个文章被当地报纸读者版块采用过的人吧。这个邪恶的计划迅速在少年的脑中膨胀。口羽调查了过去的读者版块，每选出一个合适的目标，学生手册上的名字就会增加一个。"

"也就是说——"梢绘喝下了大量白兰地，双眼迷离，看似非常痛苦。双侣担心地看了她一眼。"他学生手册中被撕掉的开始几页上，原本应该写着一礼比小姐的名字。丁部先生，您是这样认为的吗？"

"没错，肯定如此。毕竟她是口羽公彦染指连环无差别杀人案件的起因。手册第一页自然写着她的名字。但是，有关她的信息，前后有所不同。你们知道什么不同吗？"

"是住址吗？"

"正是。考虑到口羽公彦是在报纸的读者版块找到的一礼比小姐的个人信息，那么她的住所应该是'山毛榉公寓'。一礼比小姐搬走后，旧的信息就没用了。所以少年撕掉了那一页，不过或许这也是导致口羽公彦开始连续无差别杀人的间接原因。"

"咦？这是什么意思？"

"少年真正想杀的人原本只有一礼比小姐。在被金主包养期间，口羽公彦本人也再次确认了这种冲动。如果要杀架谷，也必须把她杀掉。此时一礼比小姐已经搬出了'山毛榉公寓'。虽然调查了她的搬家地点，但没什么收获。这么下去，自己的心愿将会落空，口羽公彦感到绝望，就想索性杀掉投稿同样被读者版块采用过的人，以泄心头之恨。"

"可这也太冲动了吧？"

"并非如此。假如少年原本就对投稿被采用过的人怀有恨意和自卑感，那这也并非无稽之谈。投稿成了催化剂，杀意从针对一礼比小姐个人扩展至更广泛的对象，这种事很有可能发生。而且，这个看法也弥补了刚刚泉馆老师说过的，但被否定了的伪装说的缺陷。"

"那是——"弓子来回看着丁部和双侣，"怎么弥补的？"

"将真正的目标隐藏在无差别杀人的伪装之中，这个想法的弱点在于它几乎等于纸上谈兵。在道理上或许讲得通，但在实际生活中人真的能做出这种事吗？以这次的案件为例，为了隐藏一个目标必须要杀掉三个无关的人，就算想得出这种伪装方法，也无法付诸实践。而且，最重要的是，口羽公彦本来就不存在将杀掉一礼比小姐混进其他案件的外部动机。这个问题应该就是泉馆老师的假说被否定的主要原因吧。但是，我的推理是，口羽公彦原本的目标的确只有一礼比小姐一人，但他对后面三人也同样抱有某种动机，可以说他对这四个人都怀有恨意。"

丁部的说法很有说服力。梢绘想，或许这就是真相吧。不，假如对这个案件一无所知时听到这个假说，恐怕只会觉得太荒唐而一笑了之。但是，梢绘手上握着亚李沙分发的复印件——往当地报纸读者版块的投稿。正是这个不可动摇的共同点，为丁部的主张赋予了不可辩驳的真实性。

"口羽公彦曾一度完全放弃了杀害一礼比小姐的念头。这么认为的根据就是学生手册上按顺序写着架谷、矢头仓以及寸八寸三人的信息和杀害步骤，而且笔记已经被整理好了。但由于某种原因，少年查到一礼比小姐的新住址——'福特公寓'，于是他匆忙把第一候补的名字，用凡河老师的话讲，就是很突兀地加进了目标名单的最后。这次还加上了新的住址。啊，对了对了，还有一点——"丁部毫不客气地打断了有什么想说的弓子，"口羽公彦实际上最早袭击的是一礼比小姐，但没能成功，之后作为补偿，计划进行连环无差别杀人，这一假说也有进一步的佐证，那便是每次犯案的时间。"

"时间？"

"第一名被害人架谷于一九九七年八月七日被杀，第二名被害人矢头仓美乡在同年的九月四日被杀，第三名被害人寸八寸义文则在同年的十月二日被杀，最后一位一礼比梢绘小姐是在同年的十一月六日遇袭。这几起案件的犯案时间有一个共同点，大家看出来了吗？"

"难道这些日期都是当月的第一个星期四？"

"不愧是老师啊。"丁部向凡河发出赞叹,"正是如此。哎呀!真不愧是老师。"

"哪里哪里,但是呢,"受到丁部的夸赞,凡河有点不好意思,"我在看双侣先生给我的资料时就发现了这点,但没想到其中包含着特别的含义。我原本什么都没想到。"

"难以想象其中有什么合理的意义。但口羽公彦对作案时间肯定想了很多。在实行无差别杀人时,可以想到他用某种秩序约束着自己。"

"你是什么意思?"

"也就是说,他起初是在四年前的二月十五日盯上了一礼比小姐,但没能得手。对此,他进行了反思,认为是自己过于冲动,缺乏计划性。"

"反思?"

凡河一下没反应过来。梢绘也是一样。

"没错。是反思。正因为这点,同年八月,他重新从架谷开始连续无差别杀人时,决定这次要完美推进一切。他决心按照严密的计划顺利完成所有工作。所有的作案日期都被统一到当月的第一个星期四,这也昭示了他的决心。"

没想到,丁部竟然能够深入解读每一个作案日期。梢绘虽然有些震惊,但她觉得丁部有关口羽公彦的动机说是正确的。不仅是她,周围也开始弥漫同样的气息。梢绘险些迷失在这种气息中,她突然回过神来,等等,事情不可能是这样的。

口羽公彦本来只想杀自己,梢绘无法判断这个假说是否正确。但是,丁部用于论证的根据明显是错误的。只有梢绘清楚这一点……怎么办?要在这里把事实说出来吗?

梢绘原本打算沉默。但这样会不会不好？如果不纠正事实中出现的谬误而任其发展，仅从自己的角度很难想象那会对整个讨论造成怎样的影响。假如此时不加过问，自己真正想弄清的事情又会受到影响，这会给梢绘带来困扰。真麻烦！但是……

"等一下好吗？"梢绘犹豫不决，她身旁的弓子此时举起了手，"在丁部先生的说明中，有一点让我怎么也无法认同。"

"啊，您请说。是什么？"

"是发生在一九九七年二月十五日的事。依丁部先生所言，口羽公彦那天为了将对一礼比小姐压抑已久的杀意付诸行动，离家前往她所住的'山毛榉公寓'，对吧？"

"没错，正是如此。这有什么不妥吗？"

"在此之前我想确认一下，口羽公彦家距离'山毛榉公寓'有多远？"

"啊？嗯嗯，那个……"

"是哦，大概——"在丁部的眼神示意下，双侣看了看梢绘投稿上写的住址，代丁部回答道，"嗯，比想象的要近，步行二十分钟的距离吧。就算慢走，也用不了三十分钟。"

"原来这样啊。"弓子声音特别低，甚至让人觉得这是从别人的喉咙里发出的声音，"之前说过，二月十五日晚上七点左右，口羽的二弟发现哥哥不在家。根据前后关系推测，他可能在更早的时间已经离开了家。不管怎样，少年最迟也应该在七点钟已经出发去往梢绘所住的'山毛榉公寓'了，对吧？"

"理应如此。"

"一礼比小姐那天结束了计划外的加班，晚上八点左右回到了山毛榉公寓。我记得你这么说过吧？"

弓子用看似生气的严肃表情跟梢绘确认。"嗯，是的。"梢绘赶紧回想。确实是那个时间段，毕竟那晚让人难忘。"确实如此，是八点左右。"

"你们难道看不出这个事实意味着什么吗？考虑到羽公彦家离'山毛榉公寓'的距离，一礼比小姐到家时他应该已经到达公寓，并在附近窥视。假如丁部先生的推理是正确的，少年在那之后的三十分钟内，也就是到来接她的士坚先生出现为止，竟然什么都没做。这到底是为什么？假如他是为了杀掉一礼比小姐才潜伏在公寓附近的话，为什么不在她到家后立刻袭击她呢？"

"那是，所以——"丁部看似想再次向双侣求救，但立刻打消了这个念头，接着说道，"那时，可能偶有行人路过，他想等到没什么人经过的时候——"

"这不可能。口羽公彦怎么会猜到一礼比小姐还会再次出门呢？"

大家同时发出"啊"的声音。

"一礼比小姐，"弓子满意地微笑着，"有谁知道你那晚准备打电话邀请士坚先生出来吃晚饭吗？你能想得出这个人吗？"

"不可能。"

当然不可能。那晚，梢绘只是突然想给士坚打电话，在拿起听筒之前，自己都没预想到会邀请士坚。

"对吧？假如口羽公彦是为了杀害一礼比小姐才在公寓旁等待，那他应该在她到家时就进行袭击。至少我不认为他会眼睁睁地看着一礼比小姐进家。因此，就算士坚先生不是死于事故，而是有人把他推了出去，那人也不会是口羽公彦——我认为情况应该是这样。"

弓子的言辞非常尖锐，好似在发泄刚刚因自己的推理被否定而带来的愤怒。梢绘很感激弓子能指出问题所在，就好像正在她犹豫着要不要讲出实情的时候，有人从后面推了她一把。

"那个……不好意思。"梢绘忍住由心底涌出的羞耻感，将实情说了出来，"非常抱歉，丁部先生，我必须得讲出实情了。"

"什、什么？"

"口羽公彦看了我的投稿也不会认为那是在写他。绝对不会。"

"咦？为什么？"

"其实……"

所有视线都集中在了梢绘身上，这令她面红耳赤，刚刚冒出的勇气一下就没了。毫不夸张地说，她想哭。啊啊，要是没有做那种蠢事就好了。自己好蠢，竟然向一时的诱惑低头。没想到要以这种形式体会到自己的愚蠢，梢绘深深感到人生真是难以预料。但是，现在只能坦率地讲出来。

"那，那个……这篇文章的内容不是事实。完全不是。"

"不是事实？此话怎讲？"

"就是……那个……"梢绘朝双侣瞟了一眼。在双侣目光的鼓励下，她总算继续说了下去："就像我刚才所说的那样，我就是大家口中的'投稿狂'。不过文章总是得不到采用。我看过各种谈论投稿诀窍和对策的文章，经常边推敲边写作。那里面说就算把事实如实写出来，文章也不会有趣。总之，投稿就是需要策略。"

"那你做了什么？给这篇文章润色了，是这个意思吗？"

"与其说是润色，不如说全部……"梢绘不禁闭上了眼睛，"全部是瞎编的。"

就连丁部都大吃了一惊。其他人也面面相觑。

"是假的,这些内容?"

"嗯,全都是假的。我没有看到过这种事,也没有发生过这种事。没有什么撞倒了老婆婆的孩子,那个老婆婆根本就不存在,连小学女生也是我随便编出来的角色。全部……全部都是虚构的,是我在自己大脑中随意编造的谎言。"

第九章　解

"哎呀，但是呢，"在漫长的沉默之后，凡河像是缓和气氛似的开口说道，"就算投稿内容全是一礼比小姐创作的虚构故事，也不说明什么。说不定当时本地也发生了与之相同或相似的事呢，对吧？这种情况与其说是偶然，倒不如说是缺少这类道德品质的现代人常犯的错误。这在日常生活中很常见，大家应该都见怪不怪了，绝不是什么难得一见的巧合。"

"啊。的、的确如此。"梢绘的自白可能让丁部很受打击，坐在椅子上一脸恍惚的他在听到凡河的话后，好像重新振作了精神似的瞪大了眼睛，"没错，老师。的确如此。这类不知礼节的年轻人街头巷尾随处可见。即便是虚构的故事，只要像模像样地写出来，其中的细节很有可能与实际发生的事不谋而合，这种情况比比皆是。是的，就是这样。就这次来说，一礼比小姐的描述恰巧和口羽公彦的实际行为完全一致。嗯，就是这样，一定是这样。"

看到自己的推理死而复生，丁部又开心又兴奋。的确有道理，恰巧一致这个补充说明确实说得过去，然而，梢绘的投稿内容并非那种情节或结果出人意料的奇特戏剧呀。就算同样的故事每天每分每秒都在日本的某处反复上演也毫不稀奇，在这种意义上，与其称之为偶然，不如说是"必然"才对。对此，梢绘心中十分清楚。但是——

但这是梢绘最不愿去想的一种假说。可以的话——不，绝对不希望这种可能变成事实。难道不是吗？为了无聊的虚荣心随意编造的连篇谎言，竟然因此差点儿被杀掉……简直就是一部戏剧，一部不合常理的喜剧，只是笑不出来——也像是一部欲哭无泪的悲剧，让人在精神上无法接受。

"不过，这是怎么回事呢？"修多罗本想往自己杯中倒酒，却又临时改变了主意似的抱起了手臂，"假设丁部先生的推理大致正确，可是，即便如此，口羽公彦看到的投稿也未必是一礼比小姐的投稿啊。"

"欸？你是说？"

"口羽公彦遭到所有女生讨厌的最初原因是什么，我们都不知道细节对吧？我们只知道当地报纸的读者版块似乎是导火线。口羽公彦到底做了些什么？我们自然也不清楚。"

"那倒也是，不过，"丁部合上了之前一直张开的双腿，好似失去了之前的自信，"那又怎样？"

"假设口羽公彦对报纸上的读者版块反应过度，也可能是因为看到了矢头仓美乡的投稿呀。"

"你是什么意思？"

"你看，她的投稿中出现了一个在公交车上不给老人让座，却讨好可怕大叔的可恶年轻人。这人可能就是口羽公彦。"为了阻止试图反驳的丁部开口，修多罗紧接着说道，"所以少年原本的目标未必是一礼比小姐，也有可能是矢头仓美乡。"

"等，等一下。那——"

"不过，修多罗，照你这么说，"亚李沙在丁部之前反驳道，

"口羽公彦看到的投稿无论是架谷耕次郎的,还是寸八寸义文的,结果都没什么不同,也就是说,由动机推导出的结论是一样的——就是这个道理。"

"嗯,是的。没错。"

"这有些奇怪吧。"丁部总算插上话了,"你这种没有根据,像在捣乱似的发言真让人头疼啊。先不说矢头仓美乡的投稿,架谷和寸八寸的投稿批判的都是一般大众。架谷强调只读不买没有公德的人就是指年轻男性了吗?男女老少都有可能包括在内啊。寸八寸的投诉也一样,与之相符的年轻情侣在社会上数不胜数。读了这些文章,就觉得是假装批评大众实则讽刺自己,那这样的人肯定有被害妄想症,是精神病患者。"

"口羽公彦犯下如此令人费解又惨无人道的连环杀伤案,他极有可能患有这类严重的精神疾病吧。"

"照你这么说,那一切皆有可能了。"

"不,丁部先生,我绝不是想吹毛求疵。说真的,将一礼比小姐的投稿当作凶手的主要动机真的合适吗?对此,我一直心存疑问。因为一礼比小姐在文中并未将初中生或高中生锁定为批评对象,可以说在措辞模糊这一点上,她和其他三人没什么不同。那么——"

"不只是投稿的问题。如果不把一礼比小姐看作原本的目标,就会有很多事情解释不清。比如,口羽公彦失踪的同一天,她当时的恋人士坚亮先生因为神秘的事故死亡——"

"关于那件事,刚刚泉馆老师已经逻辑清晰地论证了那纯粹是个事故。出事那晚,无论口羽公彦还是其他什么人,既然都不知道一礼比小姐为了吃饭会再次出门,如果打算杀掉她的话,那应该在一礼比小姐回到公寓时立刻下手才对——"

"不，不对不对。我们不能如此简单断定。比如，我们也可以这么推测。少年最初打算在一礼比小姐回到公寓时在室外杀掉她。然而，是因为怕人看到呢，还是有生以来第一次杀人特别紧张以至于不敢下手呢，总之，口羽公彦没能抓住袭击她的时机，眼睁睁看着她进了自己房间。完了，怎么办？他犹豫了。这样一来，是装成快递员或是别的什么人硬闯进去呢，还是改天再来呢？正在犹豫不定磨磨蹭蹭时，士坚先生来了，随即将一礼比小姐带了出来。少年顺势尾随二人来到了路边，对少年来说，这是杀掉一礼比小姐的绝佳时机，但他却误把士坚先生推了出去。如果这么想，也不会有什么问题吧。"

丁部一口气说了很多，仿佛刚才的意气消沉没存在过一样。他越说越觉得自己的想法有道理，越说越自信。

"是吧，也不能说这种情况绝对不会发生。但是——"

"关键还有那本学生手册啊。该怎么解释那种有违常理的书写方式？"可能是看出修多罗的气势被压制住了吧，丁部说得唾沫四溅，挥舞着手臂，一副盛气凌人的样子，"最开始的几页被撕掉，且只有一礼比小姐的名字和信息写得很不自然，像是被强行塞在目标名单和杀害顺序之间一样。关于学生手册中出现的疑问，你能够给出合理的解释吗？不能吧？口羽公彦袭击一礼比小姐失败，等她搬家后再次盯上了她，只有这么想，一切才能解释清楚。"

"不对，丁部先生。关于学生手册上的笔记不合常理，也并非解释不清。就像刚才所说的一样，也有中途改变目标人选的可能——"

"这个嘛……如果把这个问题单独拿出来讨论的话，能做出各种各样的解释。但是，只是对于一个疑问，即便能给出许多像样的解释，但如果不与事件的其他要素有机结合起来一起论述的话，那也只能被判断为突发奇想或强词夺理。"

"那倒是，可能如此，但——"

"对吧。从这点上来说，我的推理，以少年的动机为中心展开，可以解释清楚每个谜团。"

的确。暂且不说他极具自负的言论是否正确，至少在有关口羽公彦的动机的争论中，丁部的假说最具分量。这点连梢绘也不得不承认。这么说，果然……

这篇投稿果然是一切的根源吗？可以得出这样的结论吗？当然，梢绘并未实际目睹拄着拐杖的老婆婆被人围在中央的场景。就像刚刚坦白的那样，梢绘一心想让自己的投稿被读者版块采用，便编造出这么个像模像样的故事。仅此而已。

然而，凑巧的是，和这篇投稿内容完全一致的事情实际发生了。虽然不知道撞倒老人还熟视无睹的高中生是不是口羽公彦，但在梢绘投稿后，那个传言至少在他们班已经被当作既定事实扩散开来。充满正义感的女生全都批评少年对他人没有同情心，口羽公彦则顽强应战。在对立的过程中，他好像说了蔑视女性的话，导致他成了女生的敌人，被班上所有女生避之唯恐不及。

都是那篇投稿惹的祸，在班级中完全被孤立的口羽公彦，因此深深恨着这篇投稿的作者——礼比小姐。虽然不能断定口羽公彦是否给当时住在"山毛榉公寓"的她打过无声电话、寄过恐吓邮件，但既然看了投稿末尾就能知道梢绘的住址，至少不能排除这种可能性。梢绘自己也觉得这种情况很有可能发生。

假设无声电话和威胁信都是口羽公彦干的，他通过这种心理阴暗的恶作剧，应该在一定程度上发泄了对自己的愤怒吧，梢绘这么想。不过说到底也仅仅是一定程度而已。如果情况没有什么特殊变化，或许少年并不打算让行为进一步升级。但是，二月十四日情人节那天，对口羽公彦而言，某件具有决定性的事情发生了，导致事态发生了剧变。

具体发生了什么事，那就只能靠想象了。可能双方的对立进一步加剧，班上所有女生团结起来，专门选在情人节这个对青春期男孩最特别的日子，颇费周折地惩戒了他一下。对他来说，这恐怕是奇耻大辱。不过他也可能陷入了另一种窘境，比如，他笨拙地还击了女生，这使他在班内甚至校内的立场进一步恶化。就这样，少年的内心有某种情绪的天平失衡了，这一切都化作对写下令自己身陷困境的投稿的一礼比小姐的杀意。他失控了……

到底是怎么回事？梢绘感觉越往下想，自己在深渊里坠落得越深。真的……说不定这就是真相，她渐渐被这种绝望吞噬。无论怎么绞尽脑汁，都想不出该如何有效地反驳这个假说。

难道没有其他看法吗？梢绘什么也想不出，只能指望"恋谜会"成员的聪明才智，但看似无人能打断丁部的热情发言。一切都从一篇投稿开始。只能得出这样的结论，真相恐怕就是如此——会场越发弥漫着这种气息。

对同一事件反复推理，这一方案本来就有局限性。严格来说，少年的动机只有问他本人才能知晓。明明知道这一点，梢绘依然拜托双侣召开了今晚的讨论会。平心而论，尽管"恋谜会"通过发掘口羽公彦内心的黑暗最终仅仅找到了案件发生的大概可能性，但也必须给予高度评价。梢绘完全明白这个道理，但是——

但真是这样的话，那也太悲惨了。今后该怎样活下去呢？

梢绘一筹莫展。把它当作已经结束的事就此遗忘的话，未免太过沉重。如今唯有悔恨。若将此事彻底忘却，可那篇罪孽深重的投稿又是自己亲手所写。当初被采用的时候，梢绘得意忘形以至于忘记文章内容都是虚构的。现在只能诅咒过去那个愚蠢的自己了。唯有后悔，唯有诅咒，只能这么活下去。除此以外，她的人生已经什么都不是了。这种事——

就为了这种事？就因为这无聊的投稿，我丢掉了一切，如今，对自己所写的这篇文章只剩厌恶。这篇拙作竟然为自己招来了杀身之祸，甚至连士坚都因此丢了性命。自己太愚蠢了，太令人讨厌了。梢绘的身体不停颤抖。这一切几乎让她发疯。

这真的是……

假如这真是自己穷尽余生也要背负的十字架……命运的残酷造成的恐怖让梢绘想要放声尖叫，她好不容易才忍住了这种冲动。太残酷了！自己太愚蠢了！自己终究无法忍受，不可能忍受下去。她想哭，却奇怪地哭不出来。人真正陷入绝望的深渊时甚至连哭的力气都没有。这么一想，梢绘越发绝望了。

"咕嘟咕嘟"，梢绘心中有什么在沸腾，脑袋里也有小石子一样的东西滚来滚去。稍有风吹草动，梢绘就会一下精神失常，大家似乎是察觉到了这点，凡河家的客厅内从刚才开始就被凝重的静寂笼罩着。

"那个——"是弓子唐突地打破了这玻璃工艺品一般脆弱的静寂气氛，"我可以说几句吗？"

"嗯。啊——请，请便。"一直担心地望着梢绘的双侣回过神来，露出僵硬的笑容，"您请，泉馆老师。嗯，关于案件您有什么其他想法吗？"

"怎么说呢？我也只是突然想到一个情况，没有经过深思熟虑。"弓子像是听到耳边有虫子在拍动翅膀一般，皱着眉头盯着半空，"说不定我会说出一些离奇古怪的想法。"

"不必在意这些。"为了缓和沉重的气氛，修多罗站起身，往弓子杯中加了一些白兰地，"如果有新的意见，非常欢迎。赶紧告诉我们吧，老师。"

这么说来，聚在这里的人都是"老师"呢。梢绘心不在焉地想着这些毫不相干的事。好像没人称呼丁部为"老师"，但他也写过书，在不同时机和场合中，也可以被称作"老师"。因此，不能被称作"老师"的就只有梢绘和双侣两个人。

"是关于一礼比小姐在'福特公寓'被口羽公彦袭击的事。"弓子喝了一口白兰地，暂时停了下来。为了能解释清楚，她似乎在整理自己的想法。"一礼比小姐当时住的是一〇六号房吧，听到她的惨叫声冲到走廊上的籾山庆一住在一〇二号房。没错吧？"

"嗯。"弓子找到了一个什么样的突破口呢？双侣似乎很感兴趣，他的表情非常严肃。"没错。"

"也就是说，案发现场和籾山先生的房间之间隔了三间屋子，一〇六号房、一〇四号房以及一〇三号房。"

"是的。就像刚才所说的那样，三间屋子当时都空着。"

"我在意的是，"弓子闭上了眼睛，用手指揉着太阳穴，"离得有些远吧——"

"你的意思是？"

"一礼比小姐在一〇六号房发出惨叫。惨叫声隔着三个房间传到了一〇二号房里的籾山耳中，我突然感到有些不真实。"

大家似乎在揣摩弓子指出的问题，客厅暂时被寂静笼罩，其中还夹杂着一丝与刚刚完全不同的紧张气息。

"如果籾山的房间在现场的隔壁,那也没什么奇怪的。如果是隔壁的隔壁,也算是在可能的范围之内。但中间隔了三个房间,这就有些……"

"嗯。你这么一说,"凡河这次没有断然否定弓子指出的问题,"奇怪,确实——不,非常奇怪。"

"实际上,籾山本人也说自己最初误以为惨叫声是从隔壁房间传来的。"凡河的认同似乎让弓子有了信心,她睁开了眼睛,声音也突然热情起来,"至少不可能听到从一〇五或一〇六号房那么远的地方传来的声音。我这么觉得。从常理来看,他的解释极其自然。假设籾山庆一没有说谎,那事情就很奇怪了——"

"我怎么没想到,"修多罗好像为自己没有先发现这点而惋惜,"会不会是因为'福特公寓'的墙壁相当薄,才听到的?"

"这个情况啊——"双侣好像有些歉疚似的,"我不小心忘记说了。籾山庆一当时把自家的窗户打开了。"

"咦?"大家最初因疑惑发出的低语声很快会合到一起,变成了惊叹,"窗户?"

"是的。其实,我们警方当时也有人提出质疑,认为在一〇二号房的籾山庆一不太可能听到一礼比小姐的惨叫。我们问了他本人,他说可能是因为开了自己窗户的缘故。"

"自家是指一〇二号房吗?那就越发奇怪了吧。"看样子,修多罗马上又要开始来回踱步了。"一礼比小姐是在十一月遇袭的,据说她当天穿着大衣。对吧?是这样吧?"他似乎急于得到梢绘的肯定,"也就是说,那是一个非常冷的夜晚。为什么要在这种夜晚特地打开窗户呢?"

"据本人供述,那时他刚好在换气。"

"换气？是说给房间通风吗？请等一下。事件发生时，他应该是准备去上班吧？去家庭餐厅上夜班，对吧？是这样吧？回家之后通风还差不多，出门之前换气难道不觉得有些奇怪吗？"

但也不能就此断定籾山庆一在撒谎吧，梢绘想。每个人的习惯都不同。但是，包括她自己在内，没有一个人指出这一点。

"非常抱歉，这点好像也忘记告诉大家了。"看到双侣向众人郑重地低头道歉，梢绘有点生气，有必要这么小心翼翼吗？"籾山庆一当时并非一人住在'福特公寓'，有人和他住在一起。"

"住在一起的人？是指——"修多罗似乎想要抱怨双侣居然漏掉这么重要的线索，但还是决定先听双侣说完，"男的，还是女的？"

"他说是位女性，但也并非与恋人同居。籾山庆一和那位女性经济上都不太宽裕，为了减少一半房租，就决定分摊。两人并非男女朋友的关系，至少他本人是这么说的。"

不只修多罗，大家似乎都有话要说，但所有人都决定先听完双侣的话。

"据说那位和他同居的女性讨厌香烟的气味。"

"香烟？"

"与室友不同，籾山庆一是个烟民，十一月六日的晚上，出来前他也抽了一支烟。虽然同住的人不在家，但房间的烟味儿会让她生气，为了通风，籾山便打开了窗户。就在这时，传来了一礼比小姐的惨叫声——籾山庆一是这么说的。"

"我想问一下，"修多罗这次没有掩饰自己的不满表情，"你们知道那位女同居人的身份吗？"

"这个呢，其实，"双侣好像只能再次乖乖地低下头，"不太清楚。关于姓名，也只知道她好像是姓白后。"

"不太清楚？为什么没向籾山打听呢？"

"籾山说，那名女性姓白后，名字他也不太清楚。"

"不会吧？和自己同居的女人的情况，难道连籾山本人也说不知道？"

"籾山和她是在籾山工作的家庭餐厅认识的。决定同居时，他们曾约定不要过多地了解彼此。"

"真的吗？那位女性没说些什么吗？"

"不知道。"

"什么？等等，你说不知道？这是怎么回事？"

"事件发生一段时间之后，才有人质疑为什么一礼比的惨叫声都传到了一〇二号房。当然，我们也得去向那位与籾山庆一同居的女性询问情况，可那时她已经不住在那里了。"

"什么？你等等。"修多罗已经远不止惊讶了，他面露苦笑，重复着刚才说过的话，"不住那里了？这是怎么回事？"

"籾山告诉她，她不在家时，公寓里发生了杀人未遂事件。她说自己害怕住在这种危险的地方，迅速收拾好行李搬走了。在以前，她就经常抱怨一楼房间不够安全，说自己放在洗衣机里的内衣曾被偷过。"

"也就是说，最终你们完全不知道那位女同居人的身份，也一直不清楚她的下落对吗？一直到现在都是这样？"

"是的。"

"总觉得，"修多罗挠了挠头，那架势仿佛在说凡事都发表意见也挺无聊的，"真的很奇怪。"

"的确。现在想想的确如此。我不打算辩解什么，因为一礼比小姐可以证明袭击她的肯定是口羽公彦，这点毫无疑问。籾山庆一的同居人确实有些可疑，但和事件本身毫无关系，不由得大意了。"

"这个说法可能不太对,感觉有点像推理小说的设定啊。"亚李沙的双眸闪动着好奇的光芒,"感觉就像一个神秘女子,说不定根本就不存在这个同居人。"

"真的是女的吗?"修多罗好像忍不住了,再次从座位上站起身来。"假设真有这个同居人,也只有籾山庆一说过她是个女的,对吧?还是说有人确认过这个姓白后的人是个女的?"

双侣摇摇头。这一刻他与梢绘四目相对。他的脸上突然闪过一丝歉意,梢绘有些不解。梢绘的确是第一次听说籾山庆一有个女同居人,但她一点不想因为双侣没把这种小事告诉自己就责备他。梢绘坚信,既然他没有告诉"恋谜会"的成员,那肯定是觉得这件事不太重要,仅此而已。可为什么他会在那一瞬间露出沮丧的表情呢?梢绘想要直接问问双侣。

这些暂且不谈。对梢绘而言,籾山庆一有没有同居人毫不重要。那个女人是否真实存在,和籾山是不是男女关系,不论怎样都与她毫不相关,梢绘完全不感兴趣。但"恋谜会"的诸位似乎并不这么想。

"这真是一个让人意外的情节。"修多罗来回踱着步,嘴里不停念叨着,"对吧,饭和老师,您不觉得吗?"

"嗯,有些可疑啊。目前为止,籾山庆一一直被当作局外人,可能得认真讨论一下这个人是否与案件有关。"

"的确如此。毕竟案发时他是离现场最近的人。"

"是的。换句话说,这意味着,只要条件齐备,他就有可能进行某种伪装。"

"是的,正是如此。"

"我的假说被再次提及,这让我非常惶恐,不过学生手册被遗留在现场这点，我也很在意。"

"是啊，是啊。"修多罗随声附和，好像越来越兴奋，"一礼比小姐从口羽公彦口袋里扯出手册的确属于偶然，但这并不能保证和警察发现的那本学生手册是同一本。"

"也可能在警察到达之前，被谁给调包了。"

还有这种可能？梢绘愣住了。如果有这种事，自己不会不知道啊。但是，修多罗利用自己不在现场之便信口开河道："有可能的。老师。这很有可能。口羽公彦慌忙逃离现场时，确实有可能把从口袋掉出的手册就此留在了原处，但假如真是这样，那是因为手册里没写什么重要信息。他也有可能捡起手册再离开，但不管怎样，留在现场的那本和一礼比小姐扯出的那本不是同一本。警察发现的学生手册是其他人提前准备好，在案发后偷偷放到现场的。"修多罗朝梢绘望去，但她完全不知道自己该作何反应。"当然，这里说的其他人是指籾山庆一，我是以这点为前提展开假说的。"

"籾山庆一在案发后、警察到达之前把少年的学生手册放到了一礼比小姐的房间。"凡河十分满意地点着头，同时缓缓望向四周，"这是为了使口羽公彦成为连环无差别杀人案的凶手所做的伪装——修多罗你是这个意思吧？"

"正是如此。袭击一礼比小姐的人的确是口羽公彦。但这起犯罪是籾山庆一设下的阴谋，是他有意让少年这么做的。"

怎么会有这种蠢事？梢绘厌倦了在心里反驳，她决定耐心听一听修多罗的推理。

"你是说籾山庆一让口羽公彦自己在学生手册上写下了那些笔记，还让他主动地袭击了一礼比小姐是吗？那么，他具体耍了什么阴谋呢？"

"他很巧妙地，算了，还是稍后再详细解释吧。不好意思，我的发言到处都有凡河老师的'架谷耕次郎真凶说'的痕迹，这没关系吧？"

"没事没事。"

案情推理出现了新进展，这让凡河十分高兴。不过，也只有他对修多罗的发言给予了热烈回应。

"刚才老师指出，被害的'架谷耕次郎'不是真正的架谷，而是与他极其相似的其他人。架谷把口羽公彦包养在'净穴公寓'里，然后让他代替自己成为连环杀人案的凶手。因此，第一个被害人不是真正的架谷耕次郎，而是与他极其相似的另一个人。但是，我认为第一个被杀害的人应该还是架谷耕次郎。而且，他租下'净穴公寓'不是为了离家出走的少年，而只是为了自己的情人——一个不知名的年轻女性。"

梢绘感觉，就在刚才，认为出入"净穴公寓"的人不单是架谷的情人，并从逻辑上对这个假说进行了大肆诡辩的不是别人，正是修多罗本人。但梢绘没敢说出口。

"但是，实际上在'净穴公寓'五〇五号房发现了口羽公彦的遗留物品。这个事实该如何解释？"

"这也只是籾山庆一伪装工作的一环而已。他在杀害架谷耕次郎后，想着某天可以用到，便从遗体口袋里拿走了'净穴公寓'的钥匙。"

但是，这种想法本身就很奇怪吧。梢绘不免心生疑窦。刚才也说过，架谷被害后，由于银行账户被冻结了，水电费无法支付，净穴公寓五〇五号房的水电都停了。不过因为架谷预付了五〇五号房一年的房租，架谷被杀后，五〇五号房的租赁合同依然有效，可籾山庆一怎么知道这些呢？梢绘很想问个清楚，不过暂时忍住了。说不定他会来一句"杀害之前从架谷本人口中问出来的"就完事儿了。实际上，他也只能想到这种解释吧。

"然后呢？"被修多罗的话吸引的依然只有凡河，亚李沙好像故意和他保持着距离。"照你这么说，为离家出走的口羽公彦提供藏身之处的不是架谷耕次郎，而是籾山庆一？"

"是的，肯定是这样。其实根本不存在什么叫白后的女性。在'福特公寓'一〇二号房与籾山庆一同居的人是口羽公彦。为了使那个少年真正的藏身之处——'福特公寓'避开警方的调查，籾山庆一将少年的遗留物品放在'净穴公寓'，将其伪装成了那个少年的藏身之处。"

"那么，架谷和那个少年之间有什么关系吗？"

"当然没什么关系，他们甚至没有接触过。一切都是籾山庆一策划并实施的。"

等等。梢绘本来打算专心听一会儿，但还是被他的想法给惊呆了。这样的话，就无法解释签订"净穴公寓"五〇五号房合同的人为何叫"舍人浩美"了吧？还是想说，那是担保人架谷耕次郎随便编的一个名字，只是恰巧和口羽公彦认识的人同名同姓，这一切都纯属偶然呢？

而且，真正的舍人浩美不是女性而是一个男生，是口羽公彦的同班同学——扬扬自得地说出这些信息的正是修多罗本人呀。然而，他现在的假说以及试图以此为前提展开的推理，足以使之前的主张彻底白费，而他本人竟然没有感到任何不妥。还是说，他已经把之前的那些假说彻底否定掉了呢？

"籾山大概是在工作的家庭餐厅认识了口羽公彦。大胆想象一下，口羽公彦一时冲动离家出走，身上没带钱，有可能在那家店吃了霸王餐，此时籾山帮他付了钱，我猜这或许成了少年依赖他的开始。我试着从头把经过整理一遍可以吗?"

修多罗停下脚步沉思了一会儿,又有些着急似的开始来回踱步。他可能想继续说下去,以免在座的哪位先于他开口占据主动。

"首先,一切都是在一九九七年二月十五日,从口羽公彦失踪开始。就像刚才丁部先生所说的那样,少年打算杀害一礼比小姐,但是失败了,误将她的恋人士坚先生推了出去,导致他被车撞死。"

修多罗这是在丁部的反击下缴械投降了吗?他再次展开了和自己原来的主张完全相反的推理。

"受到这件事的刺激,口羽公彦甚至想到了自杀,他就此离家出走。此时,把少年捡回去的人正是籾山庆一。"

梢绘原本打算保持沉默,但无法再忍下去,最终开口问道:"那籾山庆一为什么会做出如此疯狂的行为?"

"因为对少年感兴趣吧。虽说如此,也并非性方面的兴趣。详细经过只能靠想象,但口羽公彦应该把杀害一礼比小姐失败的事告诉了籾山。毕竟他还是个孩子,无法承受自己犯下的沉重罪孽,想要向别人倾诉也很正常。如果用刚才那个大胆的想象进行推理,少年对帮助自己吃霸王餐的籾山迅速产生依赖心理,这也不足为奇。然后,籾山因为对他的诉说很感兴趣,就用花言巧语骗着口羽公彦把一切都说了出来。从产生杀害一礼比小姐的动机,到失手将她的恋人推出去,口羽公彦向籾山坦白了一切。"

"这种事,"梢绘终于也忍不住了,她面红耳赤,语气里明显透着怀疑,"有可能发生吗?"

"如果口羽公彦深陷绝望,这种事并非绝对不可能。正因为他对籾山庆一坦白了一切，籾山才对这个少年产生了兴趣。"

"我知道籾山对他感兴趣。但听到一个孩子说出那些事，一般人都会劝他向警方自首吧。"

"一般情况如此。但籾山庆一不是个一般的男人啊。他也看不惯那些文章被刊登在当地报纸读者版块上的投稿人。平时就气愤得不行，这些家伙，自己也不是什么正经人，却在这里指手画脚，说三道四。哎呀哎呀，我这么说没别的意思，请多多包涵。"修多罗朝着梢绘双手合十，接着继续说道，"不知道三名被害人中籾山真正想杀掉的是哪个，或许他想杀掉的就是架谷、矢头仓和寸八寸这三个人。可能他们在读者版块中批判的内容激怒了籾山。不知道他平时是不是只读不买或者不把老人放在眼里，也可能他只是讨厌那些假装道德高尚的伪善者——"

"请等一下。"弓子皱着眉头，似乎后悔自己首先将疑问引到籾山庆一身上。"难道由于这个原因，籾山平时就开始计划谋杀素不相识的人了吗？"

"也可能与口羽公彦的相遇唤醒了籾山的某种意识。的确是这样。读者版块除了自己要求匿名的投稿人，其他投稿人的姓名和住址都会刊登出来，要谋害这些人非常容易。而且自己与他们素不相识，只要手段高明就不用担心会被警察怀疑。"

听着修多罗的解释，梢绘不禁汗毛直竖。世上真有因为这种事就攻击他人的人吗？想都不敢想，但可是真的存在。的的确确。

"感觉杀人动机就像后来才想起来了似的。你的意思是，籾山庆一平时就老想杀人，但是找不到下手的机会，因此急不可耐。见到口羽公彦后，他终于找到了可以为杀人而杀人的借口，高兴地扑了上去……听起来好像是这么个意思呢。"

弓子准确地说出了梢绘的想法，但她的语气听起来完全没有否定修多罗的意思。她甚至还有些惭愧似的，惭愧自己无法否定修多罗的说法。

"不好意思，我好像说太多了。听你这么说，口羽公彦杀害一礼比小姐的根本动机还是投稿——你是以这个为前提的吧？"

"正是。一礼比小姐的投稿是口羽公彦被同学孤立的一个间接原因，虽然这是事实，但这少年从未见过一礼比小姐。杀死从未见过的女性，竟然有人想将如此恐怖的想法变为现实，与这种人的相遇让籾山恍然大悟——原来如此，原来以这种理由也可以杀人。"

听着听着，梢绘感到一阵恶心。可以理解，职业所致，修多罗想象力极为丰富。也正是因为这种能力得到了外界的认可，今晚他才得以来这里。但是，他不像梢绘，在现实生活中他没有杀人或被杀的经历。也不一定，毕竟没人确认过这一点。不过，假如他有这种经历，那他不可能满不在乎地讲出这么恐怖的事。

但是，梢绘对修多罗这种推理的排斥与谴责绝不是在否定他。她不具备这种推理能力，甚至认同他的推理。他说的那种人是真实存在的，那种以一个无论怎么看都毫无意义且不正当的理由随意夺取他人性命的人……

"籾山庆一突然想到，要从以前开始就看不惯的投稿人中挑选架谷耕次郎、矢头仓美乡和寸八寸义文三个人杀掉，然后又计划在杀掉他们之后嫁祸于口羽公彦。为此，他必须捏造出少年是凶手的证据，比如在那本学生手册上做文章。而这些伪装工作都需要花些时间。于是，为了取得少年的信任，籾山邀请因离家出走和杀害一礼比小姐失败而身心无依无靠的口羽公彦来了自己家，之后两人开始了同居。"

"这种事怎么想都不可能吧。"弓子好像在专门等候修多罗说出这番话一般，毫不客气地反驳了他，"照你说的理解，一礼比小姐在士坚先生因为离奇事故死亡后，因为恐惧便从'山毛榉公寓'搬到了'福特公寓'，籾山庆一恰巧对袭击一礼比小姐失败的口羽公彦发生了兴趣，因而对他伸出援手，而这个籾山庆一恰巧就住在她搬到的'福特公寓'里，而且是一直就住在那里的，是吗？"

"啊，不是。那，那个……"修多罗的声音果然低了下去。他挠着头思考了一会儿。"不，不是这样。我猜，在遇到口羽公彦时，籾山大概住在别的地方——应该是吧？"修多罗眼神求助般地看向双侣。"籾山庆一是什么时候开始住在'福特公寓'的？"

"嗯，"双侣似乎不太清楚，"这么具体的信息，我也不太清楚。"

"是吗？但是我觉得籾山庆一是在和口羽公彦相遇之后，也就是一九九七年二月十五日之后——进一步说，是在一礼比小姐入住福特公寓之后，他们也跟着住进了同一栋公寓。为了有朝一日让少年再次袭击一礼比小姐，他查了她的房间号码，于是两人就若无其事地潜伏在了一礼比小姐旁边。"

"他们为什么专门这么做？"亚李沙含笑问道。那笑容不知是在嘲讽修多罗还是在支持他。"必须搞得这么麻烦吗？"

"当然。这是为陷害口羽公彦而必须做的一项伪装工作。等一下，我按顺序解释一下。话说回来，籾山庆一就这样和少年一起把'福特公寓'当作据点住了下来，他把原先就讨厌的架谷、矢头仓、寸八寸三名投稿人定为目标，挨个杀了他们。当然，他作案时一直穿着口羽公彦的篮球鞋。而且，为了突出着一系列事件出自同一个人之手，他将被告人的毛发和犯罪声明一起寄给了媒体，为嫁祸给少年做了充分的准备。"

"口羽公彦学生手册上的笔记是如何伪造的？"

"关于这点，我想现学现卖一下凡河老师的推理。他用花言巧语哄骗口羽公彦和他一起思考讨论当时震惊世间的三起连环无差别杀人案，利用少年整理思绪时会做笔记的习惯，让少年做了那些笔记。"

"那么，你还是用了和凡河老师相同的假说，你推论的前提也是口羽公彦并不知道窝藏自己的籾山庆一是个连环杀人魔，对吧？"

"当然。籾山恐怕是这么跟口羽公彦说的——你看，好像有人和你想法相同呢。他把记载案件详情的杂志和报纸，连同刊登受害人投稿的读者版块就这样——"修多罗"哗啦啦"地挥动着亚李沙分发的复印件，"给少年看了。因为不知道这是籾山精心设计的陷阱，口羽公彦大吃了一惊，心想，世人好像还没有发现被害人身上共同之处，这个神秘的连环杀人魔竟然和自己一样，也是以被报纸读者版块刊登过投稿的人作为杀害目标的。他可能对如此意想不到的巧合感到震惊。当然，这实际上并非偶然。籾山早已从口羽公彦本人口中打听出他计划杀害一礼比小姐的动机，他不过是在模仿口羽作案而已。选择被害人的方式当然也是一样的。但是少年对此一无所知，他可能从这些巧合中有了某种宿命般的感觉。就在这最能说动口羽公彦的绝佳时刻，籾山在他耳边犹如恶魔般低语着。"

修多罗暂时停下，深吸了一口气，随即将目光投向空中。他似乎沉浸在自己编织的故事中。

"籾山在少年耳边若无其事说，如果用同样的手法杀掉第四个人，所有罪行全部都将由那个神秘的连续杀人魔承担。"

"你是说口羽公彦被教唆了是吗？"亚李沙的声音中没有了揶揄，"籾山庆一就是这样教唆口羽公彦再次杀害一礼比小姐的，对吗？"

"是的。接着籾山庆一花言巧语劝说少年，让他把自己在三起案件中用到的哑铃也拿去用，还骗少年在学生手册上写下了杀害步骤等相关内容。不过只有目标名单最后那个一礼比小姐的名字，大概是籾山模仿着口羽公彦的笔迹加进去的。如果再让那少年把这个也记下来，少年可能心生疑惑。对此，籾山庆一有所防备。正因为如此，只有一礼比小姐的名字写在了那种不合常规的地方。"

"作案日期都在当月的第一个星期四难道也是籾山的主意？"

"当然了。籾山每次作案，都有意识有规律地选择了作案日期。这也是连环无差别杀人事件的特征，如果他装作不经意地对口羽公彦说了这些，口羽公彦就会沿袭之前的作案规律实施第四起犯罪，这点很容易猜到。在少年看来，要想借助神秘连环杀人魔的名义实施犯罪，就不得不遵从他在作案时间上的规律。口羽公彦没发现这也是籾山设下的陷阱，就这样完全落入籾山庆一的圈套之中，最终出现了第一起案件到第四起案件全是同一凶手所为的假象。"

"但是，"弓子手肘抵着膝盖，手托着下巴，一副忧心忡忡的样子说，"就算像这样似的做足了样子，可要是口羽公彦成功地杀死一礼比小姐，那就没有任何意义了，对吧？假如少年成功杀死了一礼比小姐，而且其罪行无人指正、逃脱了嫌疑，那会怎样呢？籾山庆一的辛苦不就因此白费了吗？你不会又要说口羽公彦的失败也是籾山设计好的吧?"

"不,口羽公彦的失败当然属于偶然。只是,籾山更希望少年作案时失手,为此,他应该进一步制造了假象。他特地搬到'福特公寓',为的就是当口羽公彦作案时万一有人看到他等候在现场旁边,他也不会遭到质疑。"

"这么说,籾山说他听到了一礼比小姐的惨叫是为了……"

"那不是撒谎,他确实听到了。只是,籾山当时并不在一〇二号房内,他应该在走廊上。我觉得就算他贴到一〇六号房的门上偷听屋内的动静也没什么奇怪的。"

"他这么做是为了在口羽公彦失手时好采取必要的措施吗?"弓子好像在寻找修多罗推理中的破绽,她的视线瞬间上下左右移动起来。"但他具体是如何让少年杀害一礼比小姐时失手的呢?"

"这点我也不知道。对籾山而言,即便一礼比小姐被杀死也无所谓,抱歉我说得这么直白。但是为了完成陷害口羽公彦的最后一步,并能随机应变,他应该密切关注着现场的情况。最终,事态朝籾山满意的方向发展。口羽公彦遭到一礼比小姐意外的反击,如籾山所愿地失败了,不仅被一礼比小姐看到了长相,连手册也差点儿被抢去。"

"差点儿被抢去?你的意思是,口羽公彦把一礼比小姐从自己口袋里扯出来的手册拿回去了吗?"

"是啊。不管怎么想,这么解释都比较自然。"

哎呀呀,梢绘不由收紧了双肩。刚刚修多罗还以口羽公彦没工夫拿回手册为前提进行了另外一种推理呢,真想不到这是同一个人说出的话。不知道他本人有没有意识到这一点,只见他若无其事地继续说道:

"听口羽公彦这么说，籾山在心中连连叫好。但他不露声色，暂且把口羽公彦藏进了一〇二号房。"

"这么说，口羽公彦是从一〇六号房门逃走的？"从弓子的表情来看，她似乎逐渐被修多罗的假说影响了，"那为什么阳台那边的玻璃门也开着？"

"那可能是口羽公彦故意制造的假象，也可能他真的想从阳台逃走。不过少年最后从房门逃走了。籾山把他藏在了一〇二号房，让他别乱动，之后借口说要去外面看看，就一人来到了一〇六号房。他手里拿着偷偷从口羽公彦口袋里偷走的学生手册——"

"请等一下。"实在忍不下去的梢绘开口说道，"莫非那本手册是口羽公彦离开后，籾山亲自放到现场的？不管怎么说，这也太牵强了。"

"并非如此。我明白一礼比小姐您想说什么。您想说，假如是这样，自己肯定会发现对吧？但请您仔细回忆一下，你被那少年殴打，当时正处于意识模糊的状态，甚至不知道口羽公彦是从阳台还是大门逃走的。所以，你没能发现籾山进了你的房间。"

"一礼比小姐有没有注意到这点暂且不说，问题是籾山当时是怎么想的。"双侣说出了梢绘想说的话，"根据修多罗老师的观点，当时籾山应该已经听口羽公彦口说了一礼比小姐没有被杀死，也无法判断她的意识有多清醒。在这种极其危险的情况下，他敢毫无顾忌地进入现场吗？"

"当然敢啊。"修多罗自信满满地断言，"因为就算一礼比小姐意识清醒，自己进入房间被她发现，籾山也不会有任何麻烦。如果被一礼比小姐看到，他只要这么说就好——自己是一〇二号房的住户，刚刚听到惨叫声，所以过来看看发生了什么。住在同一间公寓的优势就在于，可以堂堂正正地报上姓名，而且不会有任何后顾之忧。这就是他追随一礼比小姐住进同一栋公寓的原因，也是他完成伟大计划的一项准备。"

的确如此。梢绘竟然有些佩服修多罗了。不过，梢绘并非赞同修多罗的"籾山庆一真凶说"。他能在如此短的时间里想出这么多种情况，梢绘实在佩服他这种才能，毫无讽刺之意。

"就这样，籾山巧妙地把能证明口羽公彦是一连串事件凶手的重要证据——学生手册放到了现场，接下来只需要回到一○二号房就好。然而，就在此时，接到一礼比小姐报案的警察赶到了现场。无可奈何，他只能马上装作善意的局外人，解释说他听到了惨叫声……"

"你是说籾山原本没打算向警方做证，对吧？"

"那当然啦。"修多罗非常神气地看向双侣，"警方可能早晚都会找同一层楼的住户问话，自己只要回答什么也没有注意到就好了。就像泉馆先生刚刚指出的那样，一○六号房和一○二号房之间隔着三个房间，说自己完全没听到惨叫声或打斗声也很正常啊。但是，既然在回一○二号房时碰到了警察，籾山只能解释说自己听到了惨叫声才来到走廊上。结果，警察指出他家离现场那么远，为什么能听到从现场传来的惨叫声，他只能解释说是为了通风打开了窗户。就这样，他最后陷入了一个不得不反复撒谎的困境之中。"

"那之后，籾山做了什么吗？"不知何故，双侣的表情有些沮丧。"他一直把口羽公彦藏在一○二号房吗？"

"只是暂时藏在了那里，估摸着事态平息后就杀了他。一切如籾山所愿，能证明口羽公彦就是凶手的证据已经齐全。但是，如果少年被警察抓住就麻烦了。他会交代很多东西，这对籾山非常危险。为了让他闭嘴，在此之前得杀掉他，把遗体埋在谁也发现不了的地方，使他处于永远失踪的状态。我想尸体大概埋在山里了吧。"

修多罗讲完了。大家被他慷慨激昂的发言深深震撼了，客厅里安静得让人难受。难道没人反驳他吗？梢绘焦急地等待着，但是没有一个人打算开口。修多罗的假说似乎成了今晚讨论会的最终结果，现场弥漫着这样一种气氛。

梢绘无法接受这种气氛。籾山庆一这个人不管做了什么都和她无关。不过也是啊。可以说修多罗将目前为止每个人推理的优点巧妙拼接了起来，其说法当然具有某种说服力，这点无可置疑。其他人应该也这么想吧。

梢绘最大的不满只有一点，那就是对于口羽公彦为什么想要杀害自己这个问题，至今还没人能明确回答出来。虽然自己曾在一瞬间也认为是那篇投稿惹的祸，但这终究只是个抽象的说法，她想要一个更加实际的理由。修多罗发挥想象力时如此自由奔放，却始终无法切中要点。但因此责备他无能也确实不合情理，梢绘始终处在一种进退不得的尴尬中。

最终也得不到想要的答案吧⋯⋯绝望一阵阵袭上心头。说实话，动机最终只能去问口羽公彦本人。不，就算少年在此现身，他可能也说不清楚，这是一个永久的谜团。自己只能背着这个十字架活下去。就在梢绘想在绝望中挤出一丝僵硬的笑容时，双侣突然说了声"啊"，声音中带着几分歉意。

"那个，修多罗老师，非常抱歉，有句话实在难以启齿。"
"什么？嗯，莫、莫非⋯⋯"修多罗回忆起相似的情景，自己的假说刚刚也是这么被否定掉的,他坐正了身体。"又有什么不合常理的地方吗?"

"非常遗憾,有几处。首先,根据老师您的观点,一系列案件中使用的凶器是籾山庆一提供的,但这不太可能,因为那时口羽公彦本人——"

"啊、啊,这样啊。对哦,凶器已经被证实是那少年从家里拿走的。"修多罗似乎完全忘记了双侣事先分发的那份材料上的内容,他咂了咂嘴,又立刻振作起来。"不,这个可以给出合理的解释。口羽公彦准备杀害一礼比小姐时感觉需要一种凶器,就带着哑铃离家出走了,之后藏在籾山庆一家时也一直带着。籾山发现了那个哑铃,每次秘密作案时,都将它用作凶器。这样的话就不会出现矛盾了。"

"可能是吧。但,还有一个决定性的问题——"

"什么?还、还有啊?"

"非常抱歉,这个也是我忘记告诉大家的。"

看着双侣谦卑的态度,梢绘又有些生气。不管怎样,也不可能把与事件相关的信息事无巨细地都告诉他们吧。他根本没必要这么当回事。

"按照修多罗老师的推理,籾山在口羽公彦犯案时来到'福特公寓'的走廊上在窥看案发现场的情况。然后又马上将从一〇六号房房门逃出来的口羽公彦藏到一〇二号房里——是这样吗?"

"是的……"

"如果是这样的话,警方在接到一礼比小姐的报案到达'福特公寓'时,口羽公彦应该还在籾山的房里,也就是还在一〇二号房里。"

"啊……难道，"修多罗可能猜到了双侣要说什么，表情有些似笑非笑，"难道警方在当天调查了一〇二号房内的情况吗？"

"确实如此。假如籾山庆一所言属实，少年就是从阳台逃走的。但是，根据邻居衰地刀自所说，没人从一〇六号房阳台的玻璃门里出来。当然，也可能是她不小心看漏了，但也有可能是籾山撒谎了。籾山大概察觉到了警方的怀疑，便说：'你们怀疑我的话，就查一下我的房间吧，万一凶手在我不知道时逃进来就麻烦了。'"

"然后呢……那个，调查结果如何？"

"别说是口羽公彦了，没有任何人藏在一〇二号房里。"

"不。但是这完全不矛盾呀。籾山没有把口羽公彦藏在自己家里，而是让他就这样逃到了公寓外边。这么想不就完事儿了吗？"

"但是，为了堵住少年的嘴，籾山得确保他的行踪吧？"

"所以他当时让口羽逃走了，两人之后又在别的地方会合了。他们定下了这样的约定吧。他找了一个很好的借口，对那少年说'你在公寓的话会很危险'，让那少年藏在别的什么地方。"

"查了一〇二号房后发现，有两张铺好的床铺，可以判断籾山确实在和别人同居。"

"是吧。那人就是口羽公彦——"

"这不太可能。"

"嗯……为什么？"

"我们虽然看不到籾山庆一同居人的样貌身份，但毫无疑问那是名女性。而且，从一〇二号房的床铺看得出住户的性别，所有东西都散落在地上，其中有女性内衣以及生理用品。"

"那是……"

修多罗可能想说，口羽公彦也会穿女装吧，可他意识到口羽公彦没有必要准备生理用品啊，最后就不出声了。

"谨慎起见，我先声明。大家不要认为那些物品是为了混淆同居人性别而制造的假象。与'净穴公寓'的情况不同，'福特公寓'一〇二号房的租赁合同是以籾山庆一的本名签订的。因此，包括他本人在内，即便伪装住户的性别，也没有任何意义。啊，还有——"双侣依旧带着歉意说道，"我们调查一〇二号房时，窗户确实是开着的。这和籾山庆一的说法一致。"

第十章 杀

"一礼比小姐——"双侣追着梢绘走出凡河家,"你是开车来的吗?"

"不是。"梢绘在门灯淡淡的光线中停住脚步,呼气凝成白色雾状,萦绕在围巾四周,"我是坐出租车来的。"

"那我开车送你吧。"他若无其事地拉起梢绘的手臂,往停车场走去,"这附近很难打到车。"

"没关系吗?双侣先生,你刚刚喝了白兰地吧。"

"我没喝多少,而且酒劲儿早就过去了。"

在他的催促下,梢绘坐到了轿车的副驾驶座位上。车刚开出后,梢绘沉默不语,双侣也默不作声地操弄着方向盘。

新的一天到了,新的一年——二〇〇二年开始了。刚过凌晨四点,车灯照亮的路上没有来往车辆,周围寂静无声。

在梢绘他们离开宅邸之前,泉馆弓子和丁部泰典已经各自驾车离开了,现在只剩矢集亚李沙和修多罗厚两人还留在凡河家与主人一起迎接新年的早晨。此时,三个人在聊些什么呢?还是在聊推理吧,或者只是聊家常。梢绘漫不经心地想着。

"我总觉得自己多此一举了,实在抱歉。"

"欸?"梢绘沉浸在自己的思绪中,想着一些毫无意义的事——丁部就不说了,弓子该是老老实实等酒劲儿过了之后才开的车吧。此时,双侣的一句话让她回过神来。"你说什么?"

"本来想帮一礼比小姐解决问题,却没起什么作用。反倒还让你更加混乱了。"

修多罗的最终推理被彻底否定后,没有再出现新的假说。大家聊了些不疼不痒的话题后,聚会就解散了。最终,"恋谜会"除夕聚会的最大收获,同时也是唯一收获就是矢集亚李沙指出的"当地报纸读者版块"这一被害人的共同之处。如果没有今晚的聚会,梢绘一生都不会知道这个事实。从这点看,今晚的讨论会对梢绘绝非毫无意义,但同时也让她感到了绝望,因为她真正想知道的事将永远都是个谜团。

"怎么会呢。"梢绘摇摇头,好不容易挤出一个笑容,"大家都绞尽脑汁地帮助我,真的非常感谢。"这的确是她的心里话。"不管拜托谁帮忙,都得不到比这更好的结果。剩下的只能问口羽公彦本人,既然问不到,就只能到死都背着这个谜团——啊,不对。"梢绘连忙摆手,"不好意思,这绝不是抱怨。我只是想告诉自己,今后必须接受现实……"

梢绘暂时沉默了。回味自己刚刚说的话,她强烈意识到自己不该说这些。这种时候可能越解释越麻烦,于是梢绘故意声音轻快地说:"今晚真是谢谢您了。双侣先生,衷心感谢您。"

本打算真心诚意地向对方表示感谢,但话一说出口就感觉有些虚假。至少梢绘此时觉得,越是反复致谢,内心的谢意就会越淡薄。

"我不知道该如何表达我的谢意,但我真的非常感谢您。"

"我实在没做什么值得您感谢的事,心里挺遗憾的。"

"哪里呀。至少我心里舒服了很多,挺开心的。当然,讨论的内容确实有些杀气腾腾，不过大家都很与众不同啊。"

亚李沙和弓子这两位女士暂且不说，凡河、修多罗、丁部这几位男士最初感觉都和自己在性格上合不来，这点让梢绘印象很深。不过现在回想起来，他们那种乍看上去不成熟的态度也可以善意地理解为幼稚。大概是因为自己知道以后再也不会见到他们的缘故吧。

"凡河老师，"梢绘问了一个她在意了好久的问题，"他是一个人住在那栋房子里吗？"

"好像是。"

"他的家人呢？"

"我也不太清楚，据说他的妻子在他年轻时就去世了，凡河老师没有再婚，一直独居。好像也没有孩子。"

"这样啊。那不会感到寂寞吗？"

"会不会呢？我听说，因为凡河老师帮忙牵线搭桥，所以矢集老师和修多罗老师常常去那里玩。"

"牵线搭桥……是指？"

"啊，你不知道吗？"双侣难得地嬉笑道，"他俩是夫妻啊。"

"咦？"梢绘愣住了，"矢集小姐和修多罗先生吗？可是年龄……"

"年龄差距稍微有点大。他俩没有刻意隐瞒，不过可能没多少人知道他俩是这种关系。"

这么说来，的确也是。很多人通过媒体知道矢集亚李沙与不是孩子生父的男性结婚了，却不知道她的丈夫是谁。他们用"修多罗"和"你"称呼对方，没怎么沿袭旧习，感觉很像时下的夫妻。大概是既不刻意隐藏，也不打算主动提起。即便这样，也能看得出来。毕竟他们那么亲密。

"原来如此,"刚刚还觉得他们在搞婚外恋呢,自己真搞笑,梢绘忍不住笑了出来,"他俩挺般配,看上去关系很好呢。"

"是啊。"

"凡河老师怎么帮他们牵的线呢?"

"好像是矢集老师经常向圈内人抱怨说想要位'太太'。"

"太太?她——哦,原来如此。是想和能替自己做家务的男人结婚这个吧?"

"嗯。凡河老师听她这么说,便告诉矢集老师有个男人跟你很般配,于是把修多罗老师介绍给了她。不过,他们一开始好像有些犹豫,尤其是矢集老师。"

"他俩年龄差得确实相当大,而且她的孩子也不小了。"

"不过在凡河老师这个年纪的人看来两人年龄没什么差别。总有一天大家都会上年纪,谁的年龄大点小点连你们自己都分不清,老师对此一笑置之。听说两人随即放下了顾虑。"

"真是一段佳话。"梢绘突然长吁了一口气,自言自语道,"真好,让人羡慕。我也一点不擅长做家务。"

"我很擅长哦。"

梢绘本该被这句话打动,但内心意外地毫无波澜,反倒很自然地接受了这句话。梢绘感觉到了一种温暖,一种甚至料到他会这么说的、早已被调试好的温暖。但这温暖可能会持续太久,久到让人感觉不自在。

"口羽公彦——"双侣默默地开了一会儿车后开口说道,"已经死了吗?"

梢绘稍稍沉思了一会儿,说:"是啊,肯定是这样吧。大家虽然提出了各种意见,但没人否定这点。"

"他杀、自杀姑且不说,反正他已经不在人世了是吗?"

"恐怕是吧。"

"那个少年在某处悄悄地活着——没有这种可能吗？"

"没有吧。从他失踪这么久来看，不太可能还活着。"

"一礼比小姐，刚刚我在听'恋谜会'各位发表意见时，突然想到了一些事。"

"什么？"

"凶手的动机。我好像知道他的动机是什么了。"

双侣说得太直白，梢绘不知该做何反应。她的大脑突然不转了似的，瞬间一片空白。

"可能是些不靠谱的突发奇想，您愿意听一听吗？"

"那个，"梢绘突然发现自己的喉咙干得发疼，声音沙哑，"当然。"

"开着车不太方便，我们坐下来说好吗？如果还有在营业的店，就去那里——"

"如果可以，就直接，"梢绘总算可以正常发音了，"来我家吧！"

双侣沉默了一下，仿佛心存疑虑，之后点了点头冷静地说："是'乐都公寓'吧？"

案发后，梢绘搬出了"福特公寓"，不情愿地在父母家住了一段时间，现在总算又一个人住了。这个新年原本打算回父母身边过的，结果就这么稀里糊涂地过去了。

"会不会打扰你？"

"当然不会。"梢绘嘴角一翘，朝双侣露出自然的微笑，仿佛少女般天真烂漫，"一定要来。"

双侣对着梢绘用力点了下头。终于到了"乐都公寓"，在楼前停好车，他跟在梢绘身后乘电梯上了楼。梢绘家在一〇一〇号室。

进入屋内，两人都脱去了外套，在简易厨房的小餐桌旁坐了下来。

"直到现在都没发现，我实在太粗心了。"等梢绘倒好两杯咖啡，双侣开口说道，"我怎么没有质疑这个事实呢？对此我很惭愧。我作为男性暂且不提，可为什么连矢集老师和泉馆老师两位女性也都没有提到这一点呢？真是不可思议。"

梢绘没有碰咖啡杯，只是沉默地看着双侣。

"四年前的二月十五日，当时和你关系亲密的士坚先生死于神秘事故。这促使你从'山毛榉公寓'搬到了'福特公寓'，对吧？"

"没错，有什么问题吗？"

"难道你自己不觉得奇怪吗？"

梢绘没有回答，只是盯着双侣，双眼炯炯有神。

"士坚先生去世之前，你为无声电话和恐吓信所困扰。士坚先生说不定受此牵连，最终被那个一直搞恶作剧的人杀害，你害怕这种可能所以选择了搬家。你这么说过对吧？的确如此。这件事本来并不奇怪，但这种情况下有一个问题。"

"什么问题？"

"搬家到'福特公寓'这件事。也不是——"双侣的目光瞬间从梢绘脸上移开，"再说准确一些，这不是搬到哪栋公寓的问题，问题在于一礼比小姐你搬到了一楼。这点绝对很奇怪。"

二人再次四目相对。梢绘依旧面无表情，整个人一动不动。

"刚才谈到籾山庆一的女同居人时也说过，公寓的一楼对女性而言本来就不太安全，因为放入洗衣机的内衣会被人偷走。的确如此。原本因为害怕可疑人员打无声电话、寄恐吓信骚扰自己才决定搬家,这样的女性怎么会特地搬到另一栋公寓的一楼呢?而您之前在'山毛榉公寓'租住的房间在四楼。"

梢绘目不转睛地看着双侣。似乎是睡意袭来,她的眼神逐渐松弛,与此同时,嘴唇微微张开。

"还是说除了'福特公寓'找不到其他合适的地方,不得已才搬到那里的呢?不,即便这样,也还有一处奇怪的地方。'福特公寓'因为地段问题,没有什么新租客,其他楼层也有很多空房间。尽管如此,一礼比小姐,您为什么没有选择高楼层的房间?只要您愿意,是可以住到最高层的。您是为了摆脱跟踪狂才搬的家,从女性的心理角度来看,这实在让人难以理解。"

"这么说来,"梢绘啜了口咖啡,露出寂寞的微笑,"的确不可思议对吧?矢集老师和泉馆老师也没指出这个问题呢。难道她们没注意到吗?"

"她们或许也觉得奇怪,只是没有深究吧。不知道她们怎么想的,我也是今晚才对这点产生了怀疑。"

梢绘似乎知道双侣什么时候注意到了这件事。"福特公寓"案发现场旁边的一〇五号房空着,有可能发生密室杀人之类的状况,他是在修多罗以此为基础展开推论时注意到的吧。双侣在解答修多罗的疑问时,表情突然变得很奇怪。梢绘从那时起就有了这种预感。

"如果对这个疑问进行深究,案情将会发生彻底的变化。我也是今晚才发现这点的。"

"是什么样的变化呢?"

"一礼比小姐,您为什么特地搬到一楼的房间,在思考这个原因之前,我想先确认一件重要的事。您被口羽公彦袭击,险些被杀害——这是个毫无疑问的事实。但是,问题是这件事发

198

生在什么时候？"

梢绘点点头，手肘支在桌子上托住下巴。她朝双侣探出身体。

"这件事并非像我们一直深信的那样，发生在一九九七年的十一月六日，对吧？"

梢绘再次点头。表情虽然没有什么变化，但眼角不停地抽搐，睫毛也在颤抖。

"那么，发生在什么时候？我想不到其他的可能，是发生在那年的二月二十五日，对吗？"

"没错。"梢绘深吸一口气闭上了眼睛，"二月十五日——那天真的很冷。"

"你是在口羽公彦失踪那天被袭击的。少年为了杀害你闯入了你的房间。但是，案发现场不是'福特公寓'的一〇六号房，而是你当时居住的'山毛榉公寓'四〇五号房，对吗？"

"那时候，我真的被吓坏了。"梢绘睁开眼睛，"回家时突然遭到袭击……我都不知道到底发生了什么事。"

"你拼命抵抗，总算幸免于难。但是，口羽公彦并没有像我们想象的那样从现场逃离。恐怕他死在了那里……对吧？一礼比小姐，他遭到了你的反击。"

"大概就是那个哑铃吧。"梢绘无力地左右摇头，她的声音开始颤抖起来，"说实话，我记不清了。当时我被吓蒙了。我被塑料绳勒住了脖子，险些丧命，我暂时击退了他，跑到电话旁想要报警，却没成功。因为少年又站起身向我扑来，我没能按完报警的电话号码。我想自己这下真的要被杀掉了，我害怕极了。我下意识地拿起哑铃一阵挥舞，等回过神来，他已经死了。

我竟然杀死了他……意识到这点后，我真的非常恐惧。"

"我能理解。面对口羽公彦的遗体，你不知所措，考虑再三后就向士坚亮先生寻求帮助了，对吧？"

"是的。他是我当时最信任的人。"

"嗯，这点我也非常理解。可以想象，你希望设法隐瞒杀死口羽公彦这件事。"

"现在冷静下来想想，我那属于正当防卫，如果老老实实向警方自首就好了。真的。"

"但你当时陷入了恐慌，你太害怕自己变成杀人犯，所以想要掩盖这一切，对吗？"

"是的。毕竟这个男人我没见过。当时我坚信把尸体丢到某个地方，装作毫不知情的样子就能应付过去。我感觉因为一个素不相识的男人而被迫背上杀人的罪名，这实在是太没道理了。我真的不想这样。但这毕竟是个体格健壮的男性尸体，想找个地方丢掉也不容易。很明显，我没有办法独自完成。所以我打电话向士坚求助。"

"然而，与你的期望相反，士坚先生不肯帮忙，对吗？"

"他虽然来了'山毛榉公寓'，却主张报警，我坚决反对他的建议，见问题无法解决，他便说自己报警。室内电话被我摁着不松手，士坚便冲出了房间。我慌忙跑出去追他。然后……"

"悲剧发生了。"

梢绘正要点头时，眼泪从她的脸颊滑落。她没有去擦拭。

"你和士坚互相推搡，最后你把他推倒在了路上。"

"我没想到事情会变成这样。刚才也说过，那天晚上，他喝了很多酒，而且睡眠不足。士坚也没想到会被我撞倒失去平衡吧。我根本没用那么大的劲儿，他却一下倒在了路上，随即又被飞驰而来的车撞到。真的……只是一瞬间的事。"

"但是,一礼比小姐您随后却对警察说士坚先生是被人推出去的,这是为什么?"

"其实我当时想默默逃走,但想到肇事车辆的司机有可能看到了我,我就临时改变了主意。我担心他可能看到了我和士坚推搡的过程,后来发现自己根本就是杞人忧天。不管怎么说,关于士坚的死,万一警察怀疑责任在我就麻烦了,所以我特别害怕。担心一旦被怀疑,警察就会来查我的房间……"

"那个时候,口羽公彦的尸体还在'山毛榉公寓'四○六号房,对吧?"

"那种情况下警察会不会查我的房子,我不太懂这种专业的东西,但我当时就像抱了个定时炸弹似的内心极度混乱。虽然并非出自本心,但我毕竟在一个晚上杀死了两个男人。而且,其中一个的尸体当时还在我房间里。我当时根本无法接受这个事实。我感觉那一刻我都疯了。我不顾一切地想逃离现实,心里只有这一个念头……被口羽公彦殴打留下的伤口不严重,现在想来真是事与愿违。假如伤口严重必须得去医院,我肯定就听天由命了。

"无法依靠士坚了,我心乱如麻,就看了从口羽公彦口袋里扯出来的学生手册。这场悲剧本来就是因为那个少年想要杀死自己才发生的。可是,为什么一定要挑我下手?我想说不定能从学生手册里找到原因。可是很遗憾,学生手册中没有任何能看得出口羽公彦动机的内容,甚至连他本人的名字和联络方式都没有。"

"也就是说,少年已经把写有自己名字的那页撕掉了吗?"

"是的。其实我也是今晚才第一次知道口羽公彦这个名字。

这四年，我一直不知道他叫什么……总之，就因为这个，我没能从学生手册中获得任何有关神秘袭击者的信息。只是我的名字后面还写着几个男女的名字和杀害方式，我猜测这个少年应该是打算连环杀人。尽管很多地方不清楚，但也能大致猜到这些。"

"一礼比小姐您的名字之后？这么说，您的名字其实是写在第一个的？"

"正是如此。根据手册上的信息推测，我感觉最容易交流的人是那位名叫架谷耕次郎的医生，便联系了他。我想说不定能借此弄清少年的动机。"

"你联系了架谷——"双侣深吸了一口气，"这么说，以'舍人浩美'之名出入'净穴公寓'五〇五号房的高挑女性是……"

"是的，"梢绘再次擦掉眼泪点了点头，"那个人是我。"

在那个房间里被架谷耕次郎包养的女人就是我——梢绘好不容易咽下这句已经到嘴边的话。

"但是，"双侣似乎思绪万千，口齿含糊地问道，"但是，你怎么会知道'舍人浩美'的名字呢？难道你随便编的名字刚好和口羽公彦的同学重名？这不可能吧？"

"不，'舍人浩美'这个名字其实写在口羽公彦的学生手册上。"

"什么？"双侣少有地惊叫了一声，"你说什么？在他的手册里……"

"是的。那个名字就在我的名字后面，在'目录名单'中是架谷的前一个。"

"口羽公彦的目标名单中原本写了五名男女的姓名。"

这个事实除了口羽公彦本人之外，恐怕只有梢绘知道。把这点告诉双侣后，梢绘感到浑身轻松了不少。

"第一个是我，第二个是舍人浩美，后面依次是架次郎、矢头仓美乡和寸八寸义文的名字。"

"但警方拿到手册时，一礼比小姐您的名字变成了最后一个，而且舍人浩美的名字不见了。是你把手册开头的几页撕掉了对吗？"

"是的。然后我模仿口羽公彦的笔迹，把自己的名字加在了寸八寸义文的后面。"

"可这是为什么？我知道您把自己的名字移到最后是因为要进行伪装，可为什么要把舍人浩美的名字删掉呢？"

"我来依次解释一下，"梢绘可能因为说出了一切，人变得兴奋起来，声音也越来越轻快，"就像刚刚说的那样，没法指望士坚帮忙了，我就拿着口羽公彦的学生手册去和架谷耕次郎见了个面。当时，我没有报自己的真名，用的是'舍人浩美'这个名字。"

"那是为什么？"问出口的同时，双侣似乎已经明白了其中缘由。

"因为我不知道架谷耕次郎究竟是个什么样的人。当然，我也不知道用假名是否对自己有利，当时纯粹是在摸索，只是觉得最好不要用真名。慎重起见，我先说明，这个时候我只是撕掉了学生手册上写着'一礼比梢绘'相关信息的那一页，留下了'舍人浩美'那一页。当然，我还没有在最后一页加上我的名字。"

"所以架谷耕次郎以为你不是'一礼比梢绘'，一直以为你是'舍人浩美'，对吗？"

"没错。我隐瞒了自己杀死口羽公彦的事,给架谷看了学生手册。我问他,我们的名字都在目标名单里,你有什么头绪吗?当时'舍人浩美'那一页,我只留下了名字,住址等信息全都涂黑了,因为担心暴露舍人浩美的真实身份。"

"那你一直都以舍人浩美的名义跟架谷耕次郎接触吧?可你们为什么专门去'净穴公寓'见面呢?如果是谈论口羽公彦的事,在你们两人谁的家里都可以吧?"

梢绘沉默了。直到刚才她还一副淡然甚至轻松的样子,如今表情中第一次掺杂进了苦涩。

"我用了假名,自以为非常谨慎了。但是,"大约停了五分钟之后,梢绘又再次开始说道,"果然还是防备不够,不应该给架谷看那本学生手册了。他的直觉很敏锐,太敏锐了。架谷看到杀害手法和杀人顺序的记录后推测,这是谋划连环无差别杀人案的人记的笔记,而我不是手册的主人却拿着它,不会是我将那个正在实施杀人计划的人反杀了吧。"

"他的眼睛竟然如此犀利……"

"也可能只是虚张声势吧,但那时口羽公彦的尸体还在我的房间里,我急着想处理掉尸体,可能架谷看穿了我的焦躁。各种因素就这样掺杂在一起,他哄住了我。我一心想着要把尸体处理掉,就把架谷带到了我位于'山毛榉公寓'的家里。"

"你给他看了口羽公彦的遗体吗?"

"只能给他看啊。我向他解释了杀害少年的经过。架谷对我说一切交给他就行了,还让我不要担心。我刚刚失去士坚,当时急于找到依靠。在我看来,他的话非常可靠。"

"架谷说会为你处理掉口羽公彦的尸体是吗?他究竟怎么处理的?"

"他好像从工作的医院偷偷拿来工具,进行了分尸。地点似乎是在'山毛榉公寓'四〇五号房的浴室里,但我没看到,都是听他这么说的。后来他又将切碎的尸体一点点混进了可燃垃圾里丢掉了。"

"如果这是真的,那口羽公彦的遗体早就被烧掉了……"

"应该是吧。当时,由于各地的规定,口羽公彦的衣服和篮球鞋属于不可燃垃圾,架谷命令我处理掉它们。我不想碰死人的东西,但事已至此,我无法违背他的命令,后来再见面时,我对他说已经处理好了。但实际上,衣服和篮球鞋都被我收在塑料袋里留了下来。当时,我不是因为它们可以用于伪装才留下来的,只是害怕被人看到自己丢弃这些东西。仅此而已,没想到这件事日后却有着重大意义。"

双侣点点头。默默地催促她往下说。

"总之,架谷帮我处理掉了那个少年的尸体。多亏他,我好似暂时摆脱了噩梦。但事情并未就此结束,不如说才刚刚开始。首先,我无法再用自家的浴室了。当然,血液和脂肪都已经被冲干净了,但想到那个少年的尸体曾在这里被分解成一块一块,我就头晕目眩,想呕吐,根本……"

"所以你决定搬离'山毛榉公寓'。"

"但我并没有立刻搬到'福特公寓'去住。我暂时搬到了'净穴公寓'的五〇五号房。我说想要搬家,架谷便帮我找到了这里。"

"你在那里住了一段时间是吧?"

"架谷开始频繁地来我这里。开始时还装得很绅士,后来逐渐暴露出了本性……最终强迫我和他发生了关系。"

"他用口羽公彦的事威胁你吗?"

梢绘咬住了嘴唇。"本以为幸好用了假名，但很快就发现这么做没什么用处。架谷威胁我说，无论我再怎么装不知情，都已经留下了重要证据，证据就是'山毛榉公寓'的四〇五号房。还说只要自己向警察告发，只要检查那间房子的浴室，鲁米诺反应便会立刻暴露我的犯罪事实。他如此胁迫我，我无力反抗，最终屈服了。"

梢绘没有忍住，"扑哧"一声笑了出来。她的表情那么天真无邪，看得出精神已经处于崩溃的边缘。"如果只是普通的性行为，我只当那是天谴，或许能够忍受。但每次见面，架谷都强迫我和他发生难以启齿的屈辱性行为。"

双侣沉默地看着露出笑容的梢绘。

"每次陷入这种耻辱，我都感觉天理难容。为什么我会这么倒霉？而且总是想起那个少年。他为什么要杀我？他到底是谁？从哪里来？如果他不这样，我就能永远过着平凡的生活。每次想到这些，我对那个已经死去的少年的憎恶就会愈加强烈。而且，与此同时，我对架谷耕次郎的仇恨——不，是杀心，也日益膨胀，膨胀到我无法抑制的地步。"

刚刚还面带笑容的梢绘此时突然面无表情，仿佛被虚无感瞬间刺穿了全身。

"然后，一个可怕的念头突然出现在我的脑海。反正要杀……反正要杀掉架谷，那就干脆沿用那个少年的杀人顺序杀下去吧。那就由我替他执行他的无差别连环杀人计划吧。他的篮球鞋正好没有丢掉，我还留着。穿着它作案，就能更加巧妙地伪装成他在犯罪。这样一来，警察说不定就能根据被害人的共同点等诸多信息，查清少年的身份和他的杀人动机。我内心这样期待着。"

"也就是说，这是……"双侣发出一声笛声回响似的叹息，"也就是说，这是你的动机，对吧，一礼比小姐？"

"在杀掉架谷、矢头仓、寸八小三人后，我撕掉了学生手册上'舍人浩美'那页，模仿少年的笔迹将自己的名字移到了最后。然后，将写有杀害方式和顺序那页上有关寸八寸义文的部分涂黑了，就是说老头子要是秃顶怎么办那一部分。我涂掉的是'最后的'那个词。"

"最后的——也就是'最后一个要杀的老头如果秃顶怎么办'？口羽公彦原来是这么写的吗？如果只有最后这个目标拿不到头发，那犯罪声明就会失去统一性。他是在担心这点。"

"如果留下'最后的'这个词，就会暴露我调换了有关自己信息的记录顺序，所以我涂掉了那个词。抱歉，我说的顺序有些乱了，我的计划首先从瞒着架谷租下'福特公寓'的房子开始。"

"你在六月份签下了'福特公寓'的租赁合同，一直到八月份犯下第一起案件，这段时间你都一直在做准备吗？"

"毕竟目标我都不认识，一边上班一边调查他们的日常生活很辛苦。我知道只有舍人浩美已经病死，一开始就排除了他。"梢绘露出苦笑，"手册里目标名单上写的是浴永高中高一学生，当时我认定那是个女生，向舍人浩美家附近的住户打听才知道他已经病死。我太蠢了，今晚才知道舍人浩美是个男的。"

"但你为什么从学生手册上把写有舍人浩美名字的那页撕掉呢？如果希望警方查明连环无差别杀人案的动机，那应该提供口羽公彦目标名单中所有人的信息才对啊，你为什么不这么想呢？"

"现在想来的确如此，留下那页更好，但当时我的关注点比较奇怪。我已经用'舍人浩美'这个名字租住了'净穴公寓'

的房子,担保人又是架谷。架谷被害后,这件事就暴露了。警察会怎么理解呢?只要一查就会知道真正的舍人浩美已经病死了。关于这点我说了很多遍,我一直以为那是个女人。我当时担心,既然进出'净穴公寓'的女人不是舍人浩美而是其他人,警方势必会调查这个女人,到时万一怀疑到我头上就麻烦了。这全都是因为我误以为舍人浩美是个女人引起的。"

"原来如此。你穿着口羽公彦留下的那双篮球鞋,先后杀害了架谷耕次郎、矢头仓美乡和寸八寸义文。之后必须炮制出最后一环,即自己险些遇害以及口羽公彦从现场逃脱的场面。当然,你也担心会有搜查官怀疑,为何本应成为无差别连环杀人事件最后一名受害者的女性能保住一命,对吧?"

"正是。双侣先生,我们现在回到你最初提出的问题。我为什么要特地搬到一楼的房间。"

"也就是说,凶手不仅可以从房门,也可以从阳台逃跑,你想确保这种可能性?"

"是的。我做好了万全的准备。差点儿被杀掉却没有传出任何声响,这样显得特别不自然,所以我发出了惨叫。但是,如果公寓的住户感觉到异常跑了过来,却有看到有人从房门逃出,他们如果对警方这么说那就没戏了。于是,为了防备房门口出现目击者,我就事先打开了阳台那边的玻璃门。这也就是我搬到一楼房间的原因。"

"住在一〇二号房的籽山庆一之所以听到你在一〇六号房发出的惨叫声也是因为这个吧?当时打开窗户的不止籽山一个人,一礼比小姐,你也把一〇六号房的窗户打开了。所以,声音才能一直传到那么远的地方。"

"我再详细说明一下我的作案顺序,我穿着口羽公彦的篮球鞋在一〇六号房留下脚印后，就拿着那双鞋去了'净穴公寓'，然后回家打开了窗户，接着便发出惨叫。因为接下来还得用塑料绳勒自己的脖子，用少年的哑铃击打自己的头部，万一晕过去，就无法发出惨叫了，所以我先完成了这一步。对，还有向警方报案，我都提前做好了。"

"你的内心真是强大得可怕……用力太猛会受重伤，不，搞不好会出人命啊，你难道不害怕吗？"

"我是一个夺去了口羽公彦、士坚、架谷耕次郎、矢头仓美乡和寸八寸义文五条人命的人。我当时就想，自己即便死掉也无所谓。"

"我们都被骗得团团转。修多罗老师指出现场处于密室状态，凶手仿佛烟一样地消失了，其实凶手从一开始就在现场。"

"我唯一担心的是，警察能用我的口供锁定那个少年的身份吗？如果学生手册上写着他本人的名字和住所倒还简单，但就像刚才所说的那样，那一页已经被撕掉了。说实话，我心里没底。如果不知道那少年的身份，就一直无法弄清他的动机。那么，我究竟为什么杀掉那三个人呢？我也搞不清楚了。"

梢绘对双侣微笑着，反复擦拭已经干透的面颊。

"不过，警察查明了口羽公彦身份的速度远远超出我的预期。当时我真的很佩服。因为是未成年，警察无法透露他的姓名，这点虽然可惜，但我想警方早晚能结了我的心愿，查出他的杀人动机。为什么我差点儿被素不相识的少年杀害，四年前开始，我就一直期待其中缘由能被尽快查明，可是……"

"一礼比小姐，你的愿望最终也没能实现。对于这点，我真的无能为力，实在抱歉。"

"不，双侣先生不必介意。我早就明白了一点，口羽公彦已死，真相永远成谜。其他人怎么想暂且不提，但我很清楚一个事实，那就是永远不可能了解口羽公彦的内心了。"双侣第一次看到梢绘表情扭曲得近乎夸张。"但是……我还是想找到些头绪，哪怕是能想象出来也好。不过我觉得这个愿望已经实现了。那篇刊登在报纸读者版块上的投稿恐怕就是原因所在吧。"

"你自己也这样认为吗？这么说来，一礼比小姐住在'山毛榉公寓'时，给你打无声电话、寄恐吓信的都是口羽公彦了对吗？"

"嗯，不知道啊。不能否定这种可能，但也可能是别人干的。事到如今也没办法证实了。"

"是啊。"

"总之，我不清楚那篇投稿里的什么内容让少年如此关注。或者就像凡河老师所说的那样，我随便编造的故事恰巧和少年的实际经历重合了，说不定就是这么回事。虽然不知道是不是这样，但已经无所谓了……嗯，怎样都无所谓了。唯一可以确定的是，我犯下了愚蠢的罪行……"

"一礼比小姐。"

"仅仅因为虚荣，编造出莫须有的故事，而且夺去了毫无关系的人的性命……"梢绘发出一声叹息，仿佛心中的一块石头落了地。"经过这四年，我总算认识到了，天网恢恢疏而不漏。双侣先生，"她慢慢起身，"非常感谢！识破真相的不是别人而是你。能陪我一起去警察局吗？"

"你是……要去自首吗？"

"好在立刻就能出门。"梢绘重新穿上刚刚才脱掉的外套。双侣也重复着同样的动作。两人走出房间时天已经亮了。

"这么说——"双侣按下电梯下行键后突然扭过头来,"所有的作案时间都统一在了当月的第一个星期四,这有什么特别含义吗?"

"咦?啊,这个啊。"梢绘苦笑道,"没什么特别含义。也不是,说不定我无意间被类似于某种行为模式的东西支配着,比如第二天容易请假不上班,所以心里比较轻松吧。但我不是有意这么做的。"

"这样啊。"

"不过凡河老师和丁部先生都千方百计地想从中找出些含义呢。他们能想到那么多的可能,确实令人钦佩。我听着虽然觉得滑稽,却又不能笑出来。现实就是这么一回事。"

"的确是啊。"

"双侣先生,"电梯往一楼下行时梢绘咕哝道,"四年前,为了冒充无差别连环杀人案的受害人,我搬到了'福特公寓'一楼的房间。"

双侣点头。他似乎意识到她在暗示什么了。

"现在又搬到这儿,是因为这里是十楼……我有种预感,自己必须偿命的时候就要到了。我总是从屋内俯视地面。但是——"出电梯后梢绘一边往双侣的轿车走去,一边向他身旁靠近,"我一直在想就算我死了,也都于事无补……"

"也是啊。"驾驶位的门和副驾驶的门几乎同时被关上了。双侣拿出钥匙。

"啊,对了。还有一点。"

"嗯?"双侣的疑问声和发动机的启动声重叠在一起。"什么事?"

"一件不值一提的小事。就是寄给各家媒体的'犯罪声明'。"

"是和被害人毛发一同寄过去的那个对吧？那是用打字机打印的。"

"事到如今已经没有解释的必要了吧，那也是我弄出来的，用那台一直打印投稿文章的专用打字机——"

她的声音透露着自嘲。双侣默默地点点头，发动了汽车。

"双侣先生，"看着向后滑动的街景，梢绘小声问道，"你是一个人住吗？"

"欸？啊，是的。住公寓——"

"还没结婚吧？"

"嗯，还没有。"

"有女朋友吧？"

"嗯。你究竟想说——"

"这是我最后的愿望，希望你能听一下。"梢绘在副驾驶座位上转动身体，用手搭在了双侣握着方向盘的手臂上，"自首之前，可以让我去你家一趟吗？"

二〇〇二年，一月三日。当地报纸的一角刊登了一则短篇报道。

一氧化碳中毒？警官死亡。

二日，市内某公寓一室，一名独居的年轻男子倒地不起，被前来公寓的家人发现并报警。该男子为供职于县立警察局的双侣澄树先生，二十七岁。

双侣先生立即被送往医院，但已经死亡。尸体无外伤，现场未见遗书，着装倒地，死因疑似暖炉使用不当引起的一氧化碳中毒。

  此外，据与双侣先生共度除夕的朋友所言，双侣先生虽有饮酒，但并未烂醉如泥。

第十一章　转

一礼比梢绘的手中握着一张复印纸。铅字排列整齐，开头写着标题《现在能写下这些，我很开心》。

　　现在，我在医院的病床上写下这个。住院还是昨天的事。刚刚升入高中，才过了两个学期。
　　从以前开始，我就时而头痛，时而双手痉挛，感觉没什么大问题，所以一直没在意。仔细检查后，医生却对我父母说得尽快手术。
　　很高兴父母没有对我隐瞒，而是坦诚地告诉我得了什么病。听说这种病分为良性和恶性，而我是恶性，而且抗癌药对脑部不起作用。总之，了解得越多心里就越难受。
　　但是，我向大家发过誓，我要努力治好。虽然有人认为这是自我安慰，但我不觉得。感谢父母，把我培养成一个不论面对什么困难都能乐观向前的人。
　　总之，很高兴现在能写下这些。接下来唯有努力。

文末写着"舍人浩美"。梢绘手中的那张复印纸上面是一九九六年十二月三日刊登在当地报纸读者版块上的投稿。

即便是恭维，这也很难算是一篇好文章。虽然明白他想说什么，但主题很模糊，可以说是篇论点松散的文章。尽管如此，还能被刊登出来，肯定因为存在打动审稿人的地方。

口羽公彦恐怕也看了这篇文章吧。虽然无法确认他有没有投过稿，但至少口羽公彦的文章好像一次也没被当地报纸刊登过。因此，少年极有可能嫉妒舍人浩美的投稿被采用。而且这篇文章的内容正是口羽公彦最讨厌的那种所谓"不幸的资本"。

可以想象，口羽公彦嘲笑了同情舍人浩美病情的同学，并对此表达过不满，说过诸如这种投稿不过是以自己的不幸为卖点，只是一种自我陶醉而已……同学们当然反感他这么说。尤其是舍人浩美从初中开始好像就很受女生欢迎，不难想象女生们有多愤怒。口羽公彦"沦为众矢之的"的原因就在此。

口羽公彦本就觉得世道不公，因被班级孤立而对舍人浩美愈加憎恨，这种情绪后来严重到口羽打算在舍人浩美病死前亲手杀死他的地步。没错，口羽公彦真正的目标只有一个人，那便是舍人浩美，其他四人不过是为了隐藏真正目标进行的伪装。

正如矢集亚李沙发现的那样，当地报纸的读者版块确实是将素不相识的五名被害人联系在一起的"丢失的一环"，但这与他们各自的投稿内容毫不相关，至少对口羽公彦来说没有任何意义。对少年来说，正在住院的舍人浩美惨遭杀害，自己可能因此遭到怀疑，这才是最重要的。正是因为这点，他抱着搜查人员发现读者版块为被害人的共通点这一期望，从同年刊登的投稿中随意挑选了以梢绘为首的四个人作为被害候选人。对口羽公彦而言，他真正想杀掉的只有舍人浩美一人，其他四人都只是随机且随便选出来的。

只是，最后还有一个疑点，那就是口羽公彦是否打算把这五人全部杀掉？梢绘想，袭击他人时，他难道不会出现力气不足或体力不支的状况吗？口羽公彦本人似乎也隐约担心着这一点。证据便是，他将头号目标舍人浩美排在了第二位。由此可以发现他的权宜之计——只要达到目的，也可以赶紧"脱离战线"。

因为是头号目标，把舍人浩美排在第一位在心理上还是会有些抗拒吧。但是，在按计划杀掉梢绘，再杀掉头号目标舍人浩美后，会发生什么呢？口羽公彦会把自己的计划执行到底吗？梢绘感觉他有可能在拼尽力气杀掉排在第三位的架谷耕次郎之后，将杀人人数控制在最小限度，之后就偃旗息鼓。或者也有可能在杀掉头号目标也就是第二个目标后就早早收手。

口羽公彦最终一个人也没杀掉，整个计划便就此收场，真是讽刺。他真正的目标只有早就病死的舍人浩美一个人——当然，这是在口羽公彦死后才发生的事，而其他四人全是棋子。

原来自己只是个掩护而已……这个事实让梢绘几乎发狂。口羽公彦，仅仅为了这个就要杀掉我的男人，毁了我全部人生的男人，无法饶恕，梢绘想。

无法饶恕。

绝不放过你。

别以为你死了，我就什么都做不了了，那你就大错特错了。你给我看好了。

你给我看好了。

梢绘张开手掌，舍人浩美的投稿复印件飞舞在空中，随即落在了地板上，落在了倒地的年轻女子身上。

今天第一次见到这个年轻的小姑娘，梢绘对她一无所知。只知道姑娘名叫润田小百合，今年刚满二十岁，在浴永高中上高一时与口羽公彦同班。

润田小百合死了，头部遭受重击，颈部被勒住。是梢绘杀死了她，就在刚才。

这是第一个。

高一时，口羽公彦所在的C班一共有二十四名女生。其中大多数都已经升入大学，现在住在县外。将来，这些人可能会在外地结婚工作，并在当地定居，不再经常回来。但这没关系。

没关系。我会杀掉她们所有人。全部杀光，一个不留。不管要用多少年。一个一个查出她们的住处。

统统杀掉。还有二十三个。

梢绘发出低沉的笑声。当年浴永高中一年C班的学生名单就在手中。这是"恋谜会"召开讨论会的那晚，为了指出"舍人浩美"这个假名的出处，修多罗发给各位成员的复印件中的一张。梢绘一直留着它，修多罗恐怕做梦也想不到自己提供的信息会被用在这种事情上。

接下来，她会杀掉名单上的所有女生，并在被害人尸体旁放上舍人浩美所写的题为《现在能写下这些，我很开心》的投稿复印件。这个谜可能一时解不开，但在重复多起犯罪后，就连头脑迟钝的家伙也会意识到是谁干的吧。

是的。就是口羽公彦。

四年前下落不明的他，那个无差别连环杀人狂魔又回来了。

正确地说，应该是"口羽公彦"的亡灵……

梢绘大笑起来。以前曾认为口羽公彦跟自己很像，没想到此生竟然完全变成了他。四年前，多人遭到了口羽公彦的袭击，唯独梢绘一人保住了性命，迟早会有人向她投来怀疑的目光。还有双侣澄树的离奇死亡事件，他死于事故的结论终有一日也会被推翻。但是……

这种事，无所谓。梢绘只管奋勇前行，朝着最后的、第二十四个目标。

虽然开怀大笑，但还剩下二十三个目标。这可是个庞大的数字。难以想象自己能顺利杀掉这么多人。正常人会选择放弃，但梢绘早已丧失理智。能杀多少杀多少，何时失手何时了。梢绘无所畏惧。只要活着就要一直杀下去，直到杀不动为止。仅此而已。

如果有人试图阻止，那就由她去。梢绘只要击垮对方就好。或许有一日无法击垮对方，反被对方制止。那么……

那么说什么呢？

我不会放过你。

口羽公彦，我绝不放过你。既然你已经死了，那就由我把那些逼你无差别杀人的家伙杀掉吧。

杀！杀掉他们。坚决杀掉。

直到最后一个。

梢绘弯下腰，用戴着手套的手掰开润田小百合的手掌，将舍人浩美的投稿复印件塞进她的掌中，并让她握住。

她心满意足地站起身，转身离开了尸体。

梢绘缓缓离去，脸上浮出笑意。

那表情轻松无比，仿佛沉浸在摆脱了自身意志束缚的喜悦之中。

第三十三年的后记

在我一生中,一九八九年是极其特殊的一年。以二〇二二年的现状来看,我相信在我以往的人生中从未有过如此重要的节点,今后恐怕也不会再有。

那么,这一年究竟发生了什么呢?那就是有栖川有栖的两部作品——《月光游戏》与《孤岛之谜》,在这一年的一月份和七月份先后由东京创元社出版。毫不过分地说,这两部作品使我的人生发生了巨大转折。听上去可能有些夸张,但年逾花甲之后我再次深切地感到,与这两部作品相遇真是命运的安排。

我从小就立志成为一名小说家。二十多岁时,我几乎每天都在写作。无论儿童小说,还是纯文学,不管什么题材,只要遇到新人奖的评选,我都毫不犹豫地投稿参加。那时,东京创元社刚刚设立第一届鲇川哲也奖,我自然也瞄准了这个奖项,决定接受挑战。然而,与此同时,一种颇有放弃之意的担忧也在我心中来回翻滚,在截止日期前完成一部长篇小说对我来说会不会负担过重?

在此之前,我往江户川乱步等奖项投过稿,也曾用四百字的稿纸写过五百页以上的初稿。实际上,大学毕业后的四年多,我没有出去工作,也没做任何兼职,一直宅在家里,从早到晚

（准确地说是从晚到早）埋头写作，写出了一堆不可能发表、形同纸屑的小说。当时，仗着自己年轻，体力精力充沛，我每年可以写下大约三千页的纸稿。现在回想起来，实在难以想象一个人可以写那么多。不过不管怎么说，在这段"啃老"的时间里，我的写作时间非常充裕，我感觉自己可以轻松写出参加第一届鲇川哲也奖的投稿作品。

然而，不幸的是，一九八八年的春天，我结束这种生活开始工作。当然，兼顾工作与写作非常困难，这是世上所有文学青年都要经历的考验。但我不想为自己辩解"短篇还行，长篇则实在无法在工作之余完成"，因为这么说毫无意义。

不过，我还有另外一种顾虑。我对自己的写作技巧与禀赋不足感到担忧，尽管我对这个奖项充满向往，但我担心自己写不出可以配得上鲇川哲也奖这个奖项的作品。我的确给江户川乱步奖投过稿，之所以能够完成那篇投稿，是因为我感觉任何类型的推理娱乐作品都可以角逐这个奖项，而且那时我时间充足。

但是，这次毕竟是鲇川哲也奖。时间不够姑且不说，人家征集的可是真正意义上的本格推理作品，我写得出来吗？就算认真写，我可能也写不出什么像样的东西吧。我对自己完全没了信心。

就在我心生消极之时，《月光游戏》与《孤岛之谜》这两部作品出现了。它们仿佛吹散了我的怯懦，带给我前进的力量和勇气。这两部小说描述了英都大学推理小说研究会各位成员的推理活动，是"学生爱丽丝"系列作品的第一部和第二部。

那几年，"学生侦探"这一创意开始流行，很多读者被其吸引，许多作家围绕这个创意展开创作，我也是其中一个。我说自己深受影响，可能会遭到反驳——受影响的何止你一个。但是，在此基础上，一九八九年，我与"学生爱丽丝"系列相遇了。对我来说，这是一次极具冲击力且有着重大意义的相遇。之所以这么说，原因非常简单，因为我当时在一所地方国立大学工作。

我没有授课任务，只负责管理学校的教材设备。因此，虽然我的身份是兼职教师，但也分到了一间私人办公室（名为设备准备室）。那时，有很多学生来我这里观看在当时还比较稀罕的海外卫星电视。我没有在日本读大学，与他们的交流让我间接体验了日本的大学生活。

此外，这一年的九月份，我开始在某私立女校兼任临时教师。我负责高三的一个班，班里有些学生已经通过推荐等方式确定了升入某所大学。由于穿梭在两个环境不同的工作场所之间，一个故事开始在我的大脑里萌生，并不断发酵。

故事是这样的。在一个晴朗的日子，一位年轻女性在某地方大学坠楼身亡。她刚刚通过推荐考试被这所大学录取，当时正和在这所大学就读的哥哥以及哥哥的女友一同在校园里参观游览。由于现场附近没有发现任何可疑状况，这个对未来充满希望的女高中生之死最终被判定为自杀，但她的哥哥无法接受这个结果。之后，在同一栋楼又相继发生了一般市民的神秘坠楼死亡事件。他的哥哥不顾恋人的劝阻，开始亲自调查这一事件。对他女友抱有好感的其他学生对他的行为议论纷纷，议论后来演变成一场推理大战。然而，众人的推理不仅没有解开谜团，反倒引发了新的事件。故事最终以悲剧收场。

围绕这个内容，我粗略地写了一部六百页不到的长篇推理小说，取名为《联杀》，并提交到第一届鲇川哲也奖参加评选。

很遗憾，小说杀入了决赛（后来得知原东京创元社的户川宏宣先生当时强烈推荐这部作品），但未能获奖，但我因此得到岛田庄司先生和宇山日出臣先生的赏识，并在一九九五年得以以《解体诸因》一书正式出道。

二〇〇二年，我之所以还能勉强以专业作家的身份继续活动，完全是因为与"学生爱丽丝"系列的相遇促使我写出了那部名为《联杀》的作品。一九八九年对我来说有多么重要，大家应该明白了吧。

至于那部《联杀》，现在已经没有原稿了。我曾保留过一份复印件，但在挪用了部分内容后也被销毁了。如果只是挪用一次的话，我可能还想终生保留原稿。但是，自出道后，我时常处于创作灵感匮乏的窘迫之中，迄今为止，竟先后三次将《联杀》的剩余内容拆开挪用。

说起来惭愧至极，第一次挪用是在一九九七年的《羔羊们的平安夜》中。我把《联杀》的主要构思——神秘连环坠楼事件用在了这篇小说中。虽然舞台从大学校园转移到了市内的租赁公寓，但追寻事件谜底的仍是一些来自虚构地方大学的学生。"学生爱丽丝"系列曾是我创作《联杀》的直接动力，而《羔羊们的平安夜》这一作品的情节设定自然是对"学生爱丽丝"系列的间接模仿。

第二次挪用是在二〇〇〇年，就是本书《联愁杀》。两书虽然名字相似，但情节完全不同，角色设定等也毫无重叠之处。尽管如此，可能会有人误以为这是那部入围鲇川奖的作品的改写版。之所以给它取一个容易让人误解的标题，是因为作为《联杀》的作者，我想在《联愁杀》中复活在《羔羊们的平安夜》中无法再现的精髓，也就是"经过多层次的推理大战，谜团不仅没有解开，新的悲剧反倒接踵而至"这一设定。详细内容，敬请阅读本书。

就这样，在两次挪用之后，我手头依然保留着《联杀》的手稿复印件。我做梦也没想到自己会再次挪用这部旧作的内容。然而，我竟然又一次挪用了。第三次挪用是在二〇一六年出版的《怜悯恶魔》的同名短篇中。

这是一部篇幅稍长的短篇小说，大概两百页。故事直接围绕发生在大学校园内的神秘坠楼事件展开，我在故事中重启了一个曾在《联杀》中用过的小技巧（似乎也称不上是什么技巧），这成了故事的关键所在。为防止有些试图跳楼自杀的人进入问题建筑，主人公一直守在一旁。尽管从未松懈，却莫名其妙地看漏了一些人……或许有些自吹自擂，但我感觉与《联杀》相比，自己更为巧妙地将这个设定融进了故事之中。也许正因为这点，《怜悯恶魔》无论在整体氛围还是个人风格方面，都比《羔羊们的平安夜》更接近《联杀》。如果读者能在这部作品中感受到原始手稿的味道，我将不胜荣幸。

在第三次挪用之后，我感觉《联杀》已经被我用到了山穷水尽的地步，够了！于是我在二〇一七年销毁了《联杀》的手稿。二〇一五年，妻子西泽则子去世。手稿销毁时我刚好处理完妻子亡故后的继承手续的事宜。这一年与一九八九年虽然意义不尽相同，但也算是我人生中的一个重要节点。或者说，我是因为经不住始于《联杀》终于《联杀》这种自我完成的诱惑，才最终销毁了手稿吧。假如我能和那份引领我进入这个领域的原稿一起退出历史舞台，结局或许更美好。然而，人生总是不尽如人意。

我衷心希望各位读者能从这本新版《联愁杀》中感受到一

些阅读的乐趣。《联杀》的主要情节和技巧分别在《羔羊们的平安夜》与《怜悯恶魔》中得到了重现，但我个人感觉《联愁杀》继承了《联杀》最为关键的精髓。

最后，我要特别感谢中央公论新社的高松纪仁先生和曾在讲谈社工作的唐木厚先生。高松纪先生为本书新版的刊行付出了辛勤努力，唐木厚先生慷慨答应为本书撰写评论。

西泽保彦
二〇二二年三月吉日写于高知市

SHINSOUBAN RENSHUSATSU
BY Yasuhiko NISHIZAWA
Copyright © 2022 Yasuhiko NISHIZAWA
Original Japanese edition published by CHUOKORON-SHINSHA, INC.
All Rights Reserved.
Chinese (in Simplified character only) translation copyright © 2024 by New Star Press Co., Ltd.
Chinese (in Simplified character only) translation rights arranged with CHUOKORON-SHINSHA, INC. through BARDON CHINESE CREATIVE AGENCY LIMITED, HONGKONG.

图书在版编目（CIP）数据

联愁杀 /（日）西泽保彦著；吴春燕译. —— 北京：新星出版社，2024.4
ISBN 978-7-5133-5393-9

Ⅰ.①联… Ⅱ.①西…②吴… Ⅲ.①长篇小说 - 日本 - 现代 Ⅳ.① I313.45

中国国家版本馆 CIP 数据核字 (2023) 第 233719 号

午夜文库 谢刚 主持

联愁杀

[日] 西泽保彦 著 吴春燕 译

责任编辑 王 萌
责任校对 刘 义
责任印制 李珊珊
封面绘图 猫 一
装帧设计 冷暖儿

出 版 人 马汝军
出版发行 新星出版社
（北京市西城区车公庄大街丙 3 号楼 8001　100044）
网　　址 www.newstarpress.com
法律顾问 北京市岳成律师事务所
印　　刷 北京天恒嘉业印刷有限公司
开　　本 910mm×1230mm　1/32
印　　张 7.375
字　　数 127 千字
版　　次 2024 年 4 月第 1 版　2024 年 4 月第 1 次印刷
书　　号 ISBN 978-7-5133-5393-9
定　　价 52.00 元

版权专有，侵权必究。如有印装错误，请与出版社联系。
总机：010-88310888　传真：010-65270449　销售中心：010-88310811